高等职业教育教材

中华经典诗词赏析

蜂博
马 孙 主编

化学工业出版社
·北京·

内容简介

《中华经典诗词赏析》是一本专为高职院校学生编写的教材，通过赏析中华经典诗词，激发学生对文学的兴趣，培养审美情趣。教材精选了 36 首历代经典诗词，涵盖人生哲思、千古情思、古今感怀、家国情怀四大主题，每首诗词均配有原文、注释、赏析、思考与练习和拓展阅读，帮助学生深入理解和欣赏诗词背后的内涵意蕴，掌握诗词精神价值内涵。

本书创新编排方式，打破了传统的文学史时间线和体裁束缚，以主题为单元进行分类，更贴合新时代教学需求。此外，书中还收录了校园文化石上的诗词照片，增添了教材的文化氛围。本书读者对象主要是高职院校的学生和教师，同时也适合广大中华经典诗词爱好者和研究者阅读。

图书在版编目（CIP）数据

中华经典诗词赏析 / 马蜂，孙博主编. -- 北京：化学工业出版社，2025. 3. -- ISBN 978-7-122-47031-7

Ⅰ. I207.2

中国国家版本馆CIP数据核字第20257N7M11号

责任编辑：王　可　甘九林　　　文字编辑：李　双　刘　璐
责任校对：宋　玮　　　　　　　装帧设计：张　辉

出版发行：化学工业出版社
　　　　　（北京市东城区青年湖南街13号　邮政编码100011）
印　　装：河北延风印务有限公司
787mm×1092mm　1/16　印张10¼　字数224千字
2025年3月北京第1版第1次印刷

购书咨询：010-64518888　　　　　售后服务：010-64518899
网　　址：http://www.cip.com.cn
凡购买本书，如有缺损质量问题，本社销售中心负责调换。

定　　价：38.00元　　　　　　　　　　版权所有　违者必究

编写人员名单

主　编：马　蜂　孙博

副主编：叶　蓉　陈书芳

参　编：王　欣　陈爱武　刘效军　冯玫　孙延洲

主　审：万国邦

《中华经典诗词赏析》序

大家都说中国是诗的国度。当代学者刘士林提出过"中国诗性文化"的概念,在他看来,中华传统诗词不能仅仅看作是古人反映生活、抒发情感的一般形式,从根本上看,它是承载中华民族精神、性格乃至整个文明的最重要的形式,因此可以说"中华民族的最高智慧在中国诗学里",甚至可以说"中华文化本质上就是一种'诗性文明'"。在古老的中华文明进入现代的时候,中国诗性文化和"我们民族诗性的精神机能与生命本体,包括我们民族特有的诗性的感官、直觉、心理、思想与创造力"逐渐萎缩。如果我们的诗性文化消亡,"我们在文明上与西方日益趋同,越来越没有自己的风格与特征"。因此,无论从国家文化发展战略的高度,还是从个体安身立命的角度,重新唤醒我们文化中已有的诗性智慧、诗性气质都是至关重要的事情。

陈平原教授也指出:"诗歌乃大学之精魂。"他认为:"在日益世俗化的当代中国,最有可能热恋诗歌、愿意暂时脱离尘世的喧嚣、追求心灵的平静以及精神生活的充实的,无疑是大学生。因此,大学天然地成为创作、阐释、传播诗歌的沃土。"具体来说,一方面,诗歌需要大学。诗歌不能单凭被称为诗人的少数人来支撑。只有高校的校园里有无数喜欢写诗、读诗、谈诗的年轻人,诗歌才能兴旺。另一方面,大学也需要诗歌的滋养。理想的大学校园,应该是"诗歌的海洋"。在这里,有人写诗,有人译诗,有人读诗,有人解诗,很多人为一句好诗而激动不已、辗转反侧。陈平原甚至认为:不管读什么专业,在繁花似锦、绿草如茵的校园里,与诗歌同行,是一种必要的青春体验。

武汉软件工程职业学院作为一所高等职业院校,现在已拥有信息技术、智能制造、现代商贸物流、文化创意、生命健康等五大专业集群,以培养现代产业紧缺人才为追求。令人欣喜的是,学校也十分注重校园文化建设,用心培育校园人文气质。2019年,校园各处新增了36块造型不一的文化石。这些文化石各刻中华经典诗词一篇,从《诗经》的《关雎》《蒹葭》、屈原《离骚》、陶渊明《饮酒》、陈子昂《登幽州台歌》,一直到马致远《天净沙·秋思》、毛泽东《忆秦娥·娄山关》《沁园春·长沙》《沁园春·雪》,从绝句《静夜思》《出塞》、律诗《春望》《蜀相》《登高》《锦瑟》、小令《如梦令》,到长篇的《琵琶行》《长恨歌》,这一块块来自冰川时代的长江三峡巨石上刻印着中华先哲对时代、对生活、对历史的人文沉思和诗性智慧。36块富有人文和诗性气息的巨石,不仅仅成为一道亮丽的校园风景,更重要的是以其巨大的体量、直观的视觉冲击,强有力地说明:中华优秀传统文化可以而且应该融入现代社会、参与现实生活。最近,学校又在校园文化石的基础上,组织编写了《中华经典诗词赏析》一书,作为全校公共选修课教材。编写组充分调研了国内相关院校同类课程建设的经验,总结了多年来一线教学的智慧,确定了一套体例上有创新、内容上较务实、形式上接地气的编写方案。我有幸提前阅读了全稿,为参与编写的诸位老师对中华诗词教育的深厚感情、敬业精神所感动，很愿意为本书的读者谈六点诗词学习的体会和建议。

第一，中华传统诗词的学习，要从培养兴趣入手。每个学习者在面对浩如烟海的诗词名作时，可以随意选取一部分最容易打动自己的作品开始阅读。开始的时候，不必追求欣赏得很到位，只要对心灵有触动、荡涤，愿意数十遍地念诵、沉吟、玩味，为之痴迷，那就很好了。在此基础上，若能再思索诗词文本中是什么让自己如此喜爱，寻思其中的道理，那就更好了。有了这种自我学习的过程，打好了这种底子，再来阅读本书，也便是得到了有经验的老师指导。

第二，中华传统诗词名篇往往都是字字珠玑。一首诗词作品大多只有几十个字，而这几十个字"着一屠沽儿不得"。这话是说：诗词中每一个字都不是随随便便使用的，都有意味，都含有作者的某种情意。因此品读诗词，就要注意字字用心体味，避免粗枝大叶地只看大体。当我们善于从字句的细微处来领会作者的用心时，我们从诗词中获得的感受会格外深永、有趣。但是，另一方面，当诗词中的某个字词、某个句子一时读不懂的时候，我们也不必太苦恼。此时，可利用各种条件搜索、查检相近的诗句来试图解决，若仍然无果，可暂时存疑，并试图从全局的宏观整体上把握大意，借助全篇来揣摩细部的意思。

第三，阅读有注释、带评点或赏析的诗词读物，包括阅读本书的时候，为了提高学习成效，要避免只是一句原文、一条注释地对读，更要避免诗词文本都还没有读懂就急着看赏析的习惯。读诗词，要力争尽快放下注释、评析而直面诗词文本。打开诗词读本，首先应调动起自我对诗词文本的感受力，从头到尾完整地读，看看自己读懂到什么程度，还存在哪些疑点。在此基础上，再看注释、赏析，收效会比较大。

第四，诗词素养的提高，不可能通过阅读有限的数十篇作品而完成，哪怕这数十篇作品都能背诵，都理解得不错。因为正如上文所说，传统诗词实际上承载着深厚博大的古典文化，承载着这种文化深处的诗性精神、诗性智慧，要对此有足够的把握，没有大量阅读、长期浸淫是不可能做到的。因此，学习诗词应有长远打算，在每一个学习阶段都应将选篇赏析和扩展阅读结合起来。具体而言，赏读本书所选的36篇经典名篇的时候，最起码要扩展到《唐诗三百首》《宋词三百首》两部书。有600多篇的名作为底子，才可算具有了较好的诗词素养。

第五，学习诗词很需要氛围。如今，校园文化石的存在，已使学校诗词文化氛围有形化了。但是，要想这种文化氛围切实对广大师生的内心产生影响，还需要人的参与，需要更积极的作为。我建议对诗词兴趣较浓的同学组织一个社团，使全校志同道合爱好诗词的同学共同学习，密切交流，"疑义相与析"，并创造性地开展面向全校的活动，吸引更多的师生参与。经过数年持续的努力，全校的诗词氛围就会培养出来。在这样的氛围下学习诗词，就更容易走进诗词的深处。

第六，诗词并不是传统文化的化石，它不是过去时态的存在，而是在今天仍然活在我们的身旁。赏读诗词的同时，若能关注当下诗词现状，适当追踪当下诗词名家，并在此基础上，利用当今方便的网络手段尝试学习诗词写作，以写作促进赏读，将诗词化入自己的生命血脉之中，那将是最佳的诗词学习方式，也是人最有意义的存在状态。

武汉软件工程职业学院组织编写这部《中华经典诗词赏析》的美好用心，若能得到全校师生的认同，取得很好的教学效果，并对全校的诗词文化氛围产生积极的影响，以上我谈的六点体会和建议就不会是空谈。作为从事诗教数十年的专业工作者，自然是乐于观其成，我期待着。

是为序。

江西师范大学文学院教授、江西省诗词学会副会长　杜华平
2024 年 8 月

前言

2017年1月25日，中共中央办公厅、国务院办公厅印发了《关于实施中华优秀传统文化传承发展工程的意见》（以下简称《意见》），《意见》指出文化是民族的血脉，是人民的精神家园。文化自信是更基本、更深层、更持久的力量。中华经典诗词是中华文化的重要载体和主要体现。高职生学习中华经典诗词可以激发对文学的兴趣，逐渐培养人文精神和审美情趣，对高职院校围绕"美育""课程思政""三全育人"等关键词进行教育教学，贯彻"立德树人"根本任务有着重要意义。

2015年，武汉软件工程职业学院在教育部《完善中华优秀传统文化教育指导纲要》（教社科〔2014〕3号）的指导下，开设"百首古诗欣赏"公共选修课。2018年，作为合作单位参与了由济宁职业技术学院牵头的"国家职业教育专业教学资源库民族传承——儒家文化与鲁班工匠精神传承与创新"子库，深度参与了"中华经典诵读"课程建设。2019年，学校精选诗词36首，镌刻在长江三峡石上，立于校园内，成为一道独特的校园文化风景线。多年来，一线教学经验的积累和课程资源的不断建设，为教材编写奠定了良好基础。

为实现中华经典诗词的育人功能，依托校园文化石，教材编写组打破文学史时间线和作家、体裁束缚，以主题为单元分类依据，把36首诗词归入人生哲思、千古情思、古今感怀、家国情怀四大主题下，让学生能够理解和欣赏诗词背后的内涵意蕴，掌握诗词精神价值内涵。每首诗词包括原文、注释、赏析、思考与练习、拓展阅读五大部分，遵循课堂教学"导—学—拓—践—评"的教学环节。教师可以依据教学实际需要进行拆分搭配，学生也可以依托教材进行人文知识的自学和充实。

本书由武汉软件工程职业学院马蜂、孙博担任主编，万国邦教授担任主审。由孙博、孙延洲负责第一章的编写；刘效军、王欣负责第二章的编写；陈爱武、冯玫负责第三章的编写；陈书芳、叶蓉负责第四章的编写。马蜂负责全书统稿工作。江西师范大学杜华平教授担任顾问，在此表示衷心的感谢。书中插入的校园文化石照片由武汉软件工程职业学院学生创业团队聚光星（武汉）文化传媒有限责任公司拍摄。

本书参考了相关诗词研究赏析著作，在此一并表示感谢。由于编写组学识有限，本教材还有一些不足，有待进一步完善。我们会继续努力，打造更优质的中华经典诗词鉴赏教材，助力中国传统文学、文化融入高职校园，讲好中国故事，传承中华文脉。

编者

2024年8月

目录

● **第一章　人生哲思**──────────────── **001**

　　龟虽寿 / 002　　　　　　行路难（其一）/ 022
　　饮酒（其五）/ 005　　　登高 / 025
　　登幽州台歌 / 008　　　　江城子·密州出猎 / 028
　　月下独酌（其一）/ 011　如梦令 / 032
　　将进酒 / 014　　　　　　声声慢 / 035
　　梦游天姥吟留别 / 017　　青玉案·元夕 / 039

● **第二章　千古情思**──────────────── **043**

　　关雎 / 044　　　　　　水调歌头 / 066
　　蒹葭 / 047　　　　　　江城子·乙卯正月二十日夜记梦
　　静夜思 / 052　　　　　　　 / 070
　　长恨歌 / 055　　　　　天净沙·秋思 / 073
　　锦瑟 / 063

● **第三章　古今感怀**──────────────── **077**

　　春江花月夜 / 078　　　蜀相 / 094
　　出塞（其一）/ 083　　 琵琶行 / 097
　　黄鹤楼 / 086　　　　　念奴娇·赤壁怀古 / 104
　　蜀道难 / 090

● **第四章　家国情怀**──────────────── **109**

　　离骚 / 110　　　　　　　永遇乐·京口北固亭怀古 / 141
　　短歌行（其一）/ 128　　忆秦娥·娄山关 / 145
　　春望 / 132　　　　　　　沁园春·长沙 / 149
　　虞美人 / 135　　　　　　沁园春·雪 / 152
　　菩萨蛮·书江西造口壁 / 138

参考文献 ──────────────────────── **156**

第一章 人生哲思

  千百年来人类对"生存的定义，缘起何处，去往何方"等终极命题的探寻孜孜不倦。中国传统哲学以"至大无外，谓之大一"的广阔视野给予了精深的回答。儒家有成人达己、博爱厚生的仁义礼智之心。道家有天道无为、道法自然的宽容辞让之心。佛家有普度众生、福泽万物的悲天悯人之心……这些成为古今文人思考的力量和创作的源泉。他们把对宇宙万物、历史兴替、人生价值的思考融为一体，认为个体价值在于内在本性的提升，更在于实践中为社会做出的贡献以及在此过程中的自我实现。

  在本章的学习中，我们将沿着文学大家的思路，从中华经典诗词中领会他们的人生态度和生命感悟。本章共包括建安风骨代表作家曹操的《龟虽寿》，山水田园执牛耳作家陶渊明的《饮酒》，诗仙太白《月下独酌》其一和《将进酒》《梦游天姥吟留别》《行路难》，诗圣杜甫七律之冠《登高》，体现陈子昂怀才不遇情绪的《登幽州台歌》，宋词豪放派代表作家苏轼的《江城子·密州出猎》和辛弃疾的《青玉案·元夕》，宋词第一才女李清照的《声声慢》《如梦令》等12首中华经典诗词。希望同学们深学细悟，深入了解诗词写作背景，深刻分析诗词的思想内容和艺术特色，深切体悟作者通过诗词传达的人生哲思、价值理想，领略中国传统文化的精髓和智慧。相信同学们通过本章学习，不仅能增加阅读厚度，而且能为人生增加高度和深度。

龟虽寿

[汉]曹操

神龟虽寿⁽¹⁾，犹有竟时⁽²⁾；
腾蛇乘雾⁽³⁾，终为土灰。
老骥伏枥⁽⁴⁾，志在千里；
烈士暮年⁽⁵⁾，壮心不已⁽⁶⁾。
盈缩之期⁽⁷⁾，不但在天⁽⁸⁾；
养怡之福⁽⁹⁾，可得永年⁽¹⁰⁾。
幸甚至哉，歌以咏志。

[注释]

（1）"神龟"句：古人以为龟能长寿。神龟是龟类中最长寿的一种。
（2）竟：完，即死。
（3）腾蛇：能够兴云驾雾的一种蛇。
（4）老骥：衰老的千里马。枥（lì）：马槽。
（5）烈士：有雄心壮志的人，这里是作者自指。
（6）已：止。
（7）盈缩：长短之意。这里指寿命的长短。期：期限。
（8）不但：不只是。在天：由天来决定。

（9）养怡：养和，即修养性情，保持平和愉快。福：吉，犹言好处。

（10）永年：长寿。

[赏析]

　　正视生命的有限，以积极的态度在有限的生命中争取完成伟大的事业，在伟大事业中追求永恒，正是这首《龟虽寿》想要传达给我们的精神内涵。

　　这首诗是曹操《步出夏门行》组诗中的一首，富于哲理而又饱含浓烈情感。写这首诗的时候，曹操已经五十三岁了。当时曹操击败袁绍父子，平定北方乌桓，踌躇满志，乐观自信。但他一直追求的统一中国的大业尚未完成。想到人生短促，时不我待，他写下这首诗，激励自己摆脱时间束缚，建功立业，追寻生命的意义。

　　诗开篇谈及神龟、腾蛇这些传说中的长寿神兽。但曹操反用其意，说这两种神兽寿命绵长，可还是难免寿终。如果人单纯长寿，甚至追求长生不老，而没有生命的内容，也是没有意义的。古来雄才大略之主如秦皇汉武，求仙问药，亦未免受神仙长生之术的蛊惑。而曹操对生命的自然规律有清醒认识，这在谶纬迷信猖炽的时代更显难能可贵。

　　诗的开头以神兽起兴，但曹操并不自比为神灵，而是自比为一匹老马。虽然形老体衰，屈居枥下，但胸中仍然激荡着驰骋千里的豪情。也就是说曹操的雄心壮志永不会消沉，他对宏伟理想的追求也永不会停息。

　　这首诗的价值之一就是作者曹操对人生客观理性的认识。他尊重自然规律，认定人的寿命有限。但在有限的生命里，人可以充分发挥主观能动性，积极进取，建功立业。曹操所云"养怡之福"，不是指无所事事，坐而静养，而是说一个人精神状态和身体健康更为重要。人不应因年暮而消沉，而要"壮心不已"，要有永不停止的理想追求和积极进取的精神。人不能长生不老，但可以永远乐观奋发，自强不息，保持思想上的青春。

　　《龟虽寿》更可贵的价值在于当时朝廷罢黜百家，禁锢文人思想。民间则是佛道盛行，百姓寄希望于来世，或者追求白日飞升。这种大环境引发当时的诗文不外歌功颂德、注解经义、求仙问道。而以曹操为代表的"建安风骨"以诗文描写现实生活，表达真情实感，表现出爽朗刚健的风格，开辟了一个诗歌新时代。

[思考与练习]

　　1. 请诵读《龟虽寿》。

　　2. 阅读曹操《步出夏门行》组诗中的《观沧海》《冬十月》《土不同》，与《龟虽寿》进行对比，综合分析这组诗表现了曹操怎样的人生追求。

　　3.《三国演义》是我们非常熟悉的经典文学作品，请同学们对比分析作为历史人物的曹操和《三国演义》中文学形象的曹操的异同。

拓展阅读

　　在中国历史上，在政治动荡、社会混乱时期，总有一批英雄挺身而出，平定天下，建功立业。他们在戎马倥偬之余，也写下了壮丽诗篇。

薤露行

[汉]曹植

天地无穷极,阴阳转相因。
人居一世间,忽若风吹尘。
愿得展功勤,输力于明君。
怀此王佐才,慷慨独不群。
鳞介尊神龙,走兽宗麒麟。
虫兽犹知德,何况于士人。
孔氏删诗书,王业粲已分。
骋我径寸翰,流藻垂华芬。

从军行

[唐]杨炯

烽火照西京,心中自不平。
牙璋辞凤阙,铁骑绕龙城。
雪暗凋旗画,风多杂鼓声。
宁为百夫长,胜作一书生。

满江红

[宋]岳飞

怒发冲冠,凭栏处,潇潇雨歇。抬望眼,仰天长啸,壮怀激烈。三十功名尘与土,八千里路云和月。莫等闲,白了少年头,空悲切!

靖康耻,犹未雪。臣子恨,何时灭?驾长车踏破,贺兰山缺!壮志饥餐胡虏肉,笑谈渴饮匈奴血。待从头,收拾旧山河,朝天阙!

饮酒（其五）⁽¹⁾

［晋］陶渊明

结庐在人境⁽²⁾，而无车马喧⁽³⁾。
问君何能尔？心远地自偏⁽⁴⁾。
采菊东篱下，悠然见南山⁽⁵⁾。
山气日夕佳⁽⁶⁾，飞鸟相与还⁽⁷⁾。
此中有真意⁽⁸⁾，欲辨已忘言⁽⁹⁾。

[注释]

（1）《饮酒》诗共二十首，不是一时所作，内容借饮酒抒写情怀，寄寓很深的感慨。本诗是组诗中第五首。
（2）结庐：是寄居的意思。结，简单构成。庐，简单的住处。人境：人世间。
（3）车马喧：指世俗来往的纷扰。
（4）"问君"二句：是设问自答。尔，如此。偏，僻。
（5）悠然：形容自得。见：一作"望"。
（6）日夕：傍晚。
（7）相与：结伴之意。
（8）此：指眼前情景。真意：真实淳朴的体会。
（9）"欲辨"句：《庄子·外物》："言者所以在意也，得意而忘言。"这里用来说已经领会了"真意",但想要辨析,却已不知如何用言语来表达了。

[赏析]

我们熟悉的陶渊明总是带着自己的标签,"不为五斗米折腰",主动远离龌龊官场,复归自然。这是他在反复思考中做出的人生抉择,也在他的诗词中把自己的得失写得明明白白。这首《饮酒》描写诗人弃官归隐田园后的悠然自得心态,体现出陶渊明决心摒弃世俗功名后,回归自然,进而达到"得意忘言"境界的人生态度和生命体验。

"结庐在人境,而无车马喧。问君何能尔?心远地自偏。"此诗首先描述自己虽然居住在人世间,但并无世俗交往来打扰的生活状态。然后自问自答,为何处人境而无车马喧的烦恼?因为"心远地自偏"。只要内心能远远地摆脱世俗的束缚,即使处于喧闹的环境里,也如同居于僻静之地。自己远离尘嚣,与官场隔绝,即便身处闹市,也不会有轻车肥马相往来,更何况是隐居乡野。这也是陶渊明"不为五斗米折腰",主动辞官的最好注解。陶渊明早岁满怀建功立业的理想,几度出仕正是为了实现匡时济世的抱负。但他看到官场风波险恶,世俗虚伪奸诈,社会腐败黑暗,于是选择洁身自好、守道固穷的道路,隐居田园,躬耕自给。"结庐在人境"四句,就是写他精神上摆脱了世俗环境干扰之后所产生的感受,颇似诸葛亮最初"苟全性命于乱世,不求闻达于诸侯"的人生态度。

"采菊东篱下,悠然见南山。山气日夕佳,飞鸟相与还。"这四句更形象描写诗人归隐之后精神世界和自然景物浑然契合的悠然自得。用白描手法,不尚藻饰,不事雕琢,清新自然。东篱边随便采菊,偶然间抬头见到南山。傍晚时分南山景致甚佳,雾气峰间缭绕,飞鸟结伴而还。诗人从南山美景中联想到自己的归隐,从中悟出了返璞归真的哲理。飞鸟朝去夕回,山林乃其归宿;自己前半生辗转为官,最高也不过是彭泽县令,最后选择田园为归宿。诗人在《归去来兮辞》中有"云无心以出岫,鸟倦飞而知还",在《归园田居》有"久在樊笼里,复得返自然"诗句,他以云、鸟自喻,云之无心出岫,恰似自己无意于仕而仕;鸟摆脱樊笼,自由飞翔,正像本人厌恶官场,摆脱官场,回归自然。

"此中有真意,欲辨已忘言"是这种心境的集中表述,是一种升华。诗人说明自己从大自然美景中领悟到了人生意趣,表露了纯洁自然的恬淡心情。化用庄子"得意忘言",实是说恬美安闲的田园生活才是自己真正的人生。人生真谛,只能意会,不可言传,也无须解释,不必分享,也不在意是否有同道。只有达到这种境界的人,才能领会。这充分体现了诗人安贫乐道、励志守节的高尚品德。这里强调一个"真"字,指出辞官归隐乃是人生的真谛。

陶渊明把山水田园诗提高到一个全新的境界,不仅仅依靠自己高超的诗歌创作手法和艺术表现力,更因为他内心的纯净自然。他通过自己眼睛看到了那些蝇营狗苟之人看不到的人生意义,也在山水田园间找到了人生归属。

[思考与练习]

1. 吟诵《饮酒》其五。

2. 结合具体诗句，指出《饮酒》其五中哪些是主观描写，哪些是客观描写，主客观描写各有什么意义？

3. 拓展阅读《饮酒》组诗，阅读《归去来兮辞（并序）》，分析组诗和序表现了陶渊明怎样的人生态度。

拓展阅读

绿水青山就是金山银山。山水田园给了中国诗人创作的灵感，也成为重要的精神家园。今天的我们也可以在山水田园诗词中获得心灵的慰藉和中国式的审美。

送别

［唐］王维

下马饮君酒，问君何所之。
君言不得意，归卧南山陲。
但去莫复问，白云无尽时。

秋登万山寄张五

［唐］孟浩然

北山白云里，隐者自怡悦。
相望始登高，心随雁飞灭。
愁因薄暮起，兴是清秋发。
时见归村人，平沙渡头歇。
天边树若荠，江畔洲如月。
何当载酒来，共醉重阳节。

饮酒

［唐］柳宗元

今夕少愉乐，起坐开清尊。
举觞酹先酒，为我驱忧烦。
须臾心自殊，顿觉天地暄。
连山变幽晦，绿水函晏温。

蔼蔼南郭门，树木一何繁。
清阴可自庇，竟夕闻佳言。
尽醉无复辞，偃卧有芳荪。
彼哉晋楚富，此道未必存。

登幽州台歌⁽¹⁾

[唐]陈子昂

前不见古人，
后不见来者。
念天地之悠悠⁽²⁾，
独怆然而涕下⁽³⁾。

登幽州台歌

【注释】

（1）幽州台：又名蓟北楼，也称燕台，史传是燕昭王为招揽人才而建，故址在今北京市大兴。

（2）悠悠：无尽，在此用于形容时间久远和空间广大。

（3）怆然：悲伤的样子。涕：古时指眼泪。

【赏析】

中国历史上有这样一批人，通过读书和社会实践，他们获得了知识、能力、思想。班固在《汉书·食货志》中解释为："学以居位曰士。"范晔《后汉书·仲长统传》中解释为："以才智用者谓之士。"这些人是国家政治的参与者，也是中国传统文化的传承者。他们以儒家积极入世的态度关注社会、关注民生。他们以"天下兴亡，匹夫有责"的使命感和责任感彰显家国情怀。

许慎在《说文解字》中提到："士，事也。"说的就是善于做事情又有能力的人。陈子昂就是这样具有政治见识和才能的文人。他直言敢谏，对武后时期不少弊政常常提出批评意见，但不为采纳，甚至曾一度因"逆党"株连而下狱。他的政治抱负不能实现，反而受到打击，他心情非常苦闷。武则天万岁通天元年（696），契丹李尽忠、孙万荣等攻陷营州。武则天委派武攸宜率军征讨，陈子昂在武攸宜幕府担任参谋，随同出征。当时情况紧急，陈子昂请求遣万人作前驱以击敌，武攸宜不允，反把他降为军曹。武攸宜不善用兵，性格武断，次年兵败。诗人接连受到挫折，眼看报国宏愿成为泡影，因此登上蓟北楼，慷慨悲吟，写下了《登幽州台歌》以及《蓟丘览古赠卢居士藏用七首》等诗篇。

"前不见古人，后不见来者。"诗人登幽州台而并未写幽州台，从一句人生慨叹入手，足见诗人发泄的痛苦和无奈是多么深刻。天地悠悠，人生匆匆，短短的几十年真如白驹过隙，转瞬之间就消失了。但空有一腔热血和满腹经纶却得不到施展，任年华和才能在现实中付诸东流，这是人生的巨大打击和悲剧。都说男儿有泪不轻弹，诗人却以一句"怆然涕下"作结尾而注入了强烈的感情色彩，诗歌也由此生发了浓烈的感染力。

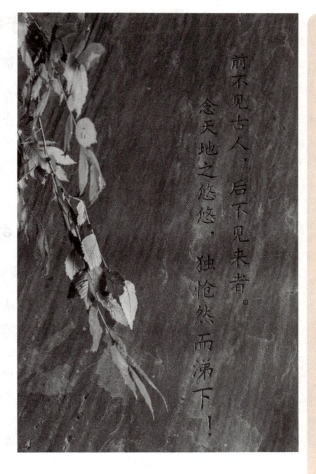

这首《登幽州台歌》是诗人现实生活中遭遇困难而触发之作，读来悲壮而豪气干云。其中的悲壮来自"士人无用"的现实境地，诗的每一个字都饱蘸了伤心的悲泪，这是空怀报国为民之心不得施展的呐喊。悲怆的深层，蕴蓄着一股积极奋发欲有所作为的豪气，所以才能引起"后来人"的共鸣。其现实意义已经超越了陈子昂本人遭遇及其所处时代，使得古今有共同际遇的人都能从诗歌中找到自己的影子和共同的感情。同时，诗歌长短不齐的句法、抑扬变化的音节，更为其增添了强烈的艺术感染力。

［思考与练习］

1. 请诵读《登幽州台歌》。
2. 结合此诗的创作背景，分析诗中塑造的人物形象以及诗人表达的思想情感。
3. 诗歌以"幽州台"为题，全诗却没有一句描写幽州台及其周边景色，请分析这样构思布局的精妙之处。

拓展阅读

《战国策·燕策一》记载："于是昭王为（郭）隗筑宫而师之，乐毅自魏往，邹衍自齐往，剧辛自赵往，士争凑燕。"才华被认可，能力被赏识是中国文人的诉求，于是幽州台就成了中国诗歌中一个重要的符号。美好的希望或许在现实中落空，但可以在诗歌中得到传颂。

雁门太守行

[唐] 李贺

黑云压城城欲摧,甲光向日金鳞开。
角声满天秋色里,塞上燕脂凝夜紫。
半卷红旗临易水,霜重鼓寒声不起。
报君黄金台上意,提携玉龙为君死。

偶成转韵七十二句赠四同舍

[唐] 李商隐

沛国东风吹大泽,蒲青柳碧春一色。
我来不见隆准人,沥酒空余庙中客。
征东同舍鸳与鸾,酒酣劝我悬征鞍。
蓝山宝肆不可入,玉中仍是青琅玕。
武威将军使中侠,少年箭道惊杨叶。
战功高后数文章,怜我秋斋梦蝴蝶。
诘旦九门传奏章,高车大马来煌煌。
路逢邹枚不暇揖,腊月大雪过大梁。
忆昔公为会昌宰,我时入谒虚怀待。
众中赏我赋高唐,回看屈宋由年辈。
公事武皇为铁冠,历厅请我相所难。
我时憔悴在书阁,卧枕芸香春夜阑。
明年赴辟下昭桂,东郊恸哭辞兄弟。
韩公堆上跋马时,回望秦川树如荠。
依稀南指阳台云,鲤鱼食钩猿失群。
湘妃庙下已春尽,虞帝城前初日曛。
谢游桥上澄江馆,下望山城如一弹。
鹧鸪声苦晓惊眠,朱槿花娇晚相伴。
顷之失职辞南风,破帆坏桨荆江中。
斩蛟断璧不无意,平生自许非匆匆。
归来寂寞灵台下,著破蓝衫出无马。
天官补吏府中趋,玉骨瘦来无一把。
手封狴牢屯制囚,直厅印锁黄昏愁。
平时赤帖使修表,上贺嫖姚收贼州。

旧山万仞青霞外，望见扶桑出东海。
爱君忧国去未能，白道青松了然在。
此时闻有燕昭台，挺身东望心眼开。
且吟王粲从军乐，不赋渊明归去来。
彭门十万皆雄勇，首戴公恩若山重。
廷评日下握灵蛇，书记眠时吞彩凤。
之子夫君郑与裴，何甥谢舅当世才。
青袍白简风流极，碧沼红莲倾倒开。
我生粗疏不足数，梁父哀吟鸲鹆舞。
横行阔视倚公怜，狂来笔力如牛弩。
借酒祝公千万年，吾徒礼分常周旋。
收旗卧鼓相天子，相门出相光青史。

哭李商隐（其二）

[唐]崔珏

虚负凌云万丈才，一生襟抱未曾开。
鸟啼花落人何在，竹死桐枯凤不来。
良马足因无主踠，旧交心为绝弦哀。
九泉莫叹三光隔，又送文星入夜台。

月下独酌（其一）⁽¹⁾

[唐]李白

花间一壶酒，独酌无相亲。
举杯邀明月，对影成三人。
月既不解饮⁽²⁾，影徒随我身。
暂伴月将影⁽³⁾，行乐须及春。
我歌月徘徊，我舞影零乱。
醒时同交欢⁽⁴⁾，醉后各分散。
永结无情游，相期邈云汉⁽⁵⁾。

月下独酌
（其一）

【注释】

（1）李白的《月下独酌》是组诗，共四首，此是第一首。

（2）解：懂得。

（3）将：和、共。

（4）同交欢：一起欢乐。一作"相交欢"。

（5）"永结"二句：是说将来到了天上，将永远同游不再分离。这里有与大自然同归的意思。无情游：月、影没有知觉，不懂感情。相期邈（miǎo）云汉：约定在天上相见。期：约会。邈：遥远。云汉：银河。这里指遥天仙境。"邈云汉"一作"碧岩畔"。

【赏析】

这首《月下独酌》写诗人由政治失意而产生的孤寂忧愁的情怀。本是孤独寂寞忧愁，李白却营造出自由飘逸的氛围，与本来的情绪形成强烈对比。

爱喝酒的人不喜欢独自一个人喝闷酒。他们通常喜欢有一二知己相伴，边聊边饮，把自己心里积郁已久的话在酒酣之际倾吐出来。尤其是身处良辰美景，花间月下的环境中，更希望有亲近的伴侣和自己一起分享风景的优美和酒味的醇香。但一向喜欢热闹的李白在这时是独酌，并无亲人和朋友。诗歌一开篇就和盘托出孤独寂寞的场景来烘托诗人内心充满忧愁的情绪。但李白有自己排解的办法，他邀请天上的明月和月光下他的身影，连他自己在内，变成了三个人，举杯共饮。这正是"对影成三人"的妙笔由来。诗人给月、影赋予灵魂，让他们陪自己开怀畅饮。但是，"月既不解饮，影徒随我身"，诗人逐渐发现明月与身影不是朋友，也不是知己，只能自斟自饮，自娱自乐。这种开心与伤怀混合在一起，塑造出月下独酌的诗人形象，给人以更大的冲击，他的悲情和孤寂也被凸显出来。

这首诗大约作于天宝三年（744），当时李白身在长安。李白有抱负，有才能，想做一番事业，但是既得不到统治者的赏识和支持，也找不到多少知音和朋友。所以他常常陷入孤独的包围之中，感到苦闷、彷徨。这种来自灵魂深处的呐喊在"我歌月徘徊，我舞影零乱"中达到高潮。诗人酒意渐浓，兴致也渐渐高了，明月和身影也灵动了。明月和身影成为朋友和知己，陪着诗人且歌且舞。貌似潇洒飘逸，实则寂寞孤独。至"醒时同交欢，醉后各分散"句，明月和身影仍离诗人而去。最后诗人真诚地和"月""影"相约"永结无情游，相期邈云汉"，可见"月""影"无情，诗人有情。

这首《月下独酌》描绘的本是诗人的独角戏。感情的跌宕起伏和率性纯真在诗中一览无余。透过"举杯邀明月，对影成三人""我歌月徘徊，我舞影零乱"等诗句营造出热闹快乐的外在表象，实际表现的却是孤独清冷的内心情绪。

今天我们读这首诗，能从诗歌中看到李白的一段人生经历和心路历程。不被理解和赏识是怀才不遇的人内心永远的痛楚，但有才之人总能找到另外的途径排解忧愁，成就自我。李白的自信和旷达是他骨子里的基因，哪怕在最艰难的时候，他也从来没有怀疑过自己。起码在诗歌里，他用自己的才华营造了一个世界，住了进去。

〔思考与练习〕

1. 吟诵《月下独酌》其一。
2. 这首诗刻画了怎样一种人物形象？刻画形象时使用的主要艺术手法是什么？借由此形象表达出怎样的思想情感？
3. 拓展阅读《月下独酌》组诗，分析组诗中李白情感变化的脉络。选取其中一首，结合自己的人生经历进行赏析。

拓展阅读

没有人喜欢孤独。诗人往往是极其敏感而率真的，但在封建社会的政治生活中，他们的性格往往不能与当时社会契合，所以他们也是孤独的。但在孤独之中，诗人用自己的敏感与率真成就了更多的思索。

月下独酌（其二）

［唐］李白

天若不爱酒，酒星不在天。
地若不爱酒，地应无酒泉。
天地既爱酒，爱酒不愧天。
已闻清比圣，复道浊如贤。
圣贤既已饮，何必求神仙。
三杯通大道，一斗合自然。
但得酒中趣，勿为醒者传。

秋夜独酌

［宋］陆游

壮志随年减，羁愁与夜长。
月高寒晖淡，花坼露丛香。
仕畏谗销骨，归判酒腐肠。
青灯写孤影，相劝尽余觞。

鹤鸣亭独饮

[宋] 辛弃疾

小亭独酌兴悠哉,忽有清愁到酒杯。
四面青山围欲合,不知愁自那边来。

将进酒

将进酒⁽¹⁾

[唐] 李白

君不见,黄河之水天上来,奔流到海不复回。
君不见,高堂明镜悲白发,朝如青丝暮成雪!
人生得意须尽欢,莫使金樽空对月。
天生我材必有用,千金散尽还复来。
烹羊宰牛且为乐,会须一饮三百杯⁽²⁾。
岑夫子,丹丘生⁽³⁾,将进酒,杯莫停⁽⁴⁾。
与君歌一曲,请君为我倾耳听。
钟鼓馔玉不足贵⁽⁵⁾,但愿长醉不愿醒。
古来圣贤皆寂寞⁽⁶⁾,惟有饮者留其名。
陈王昔时宴平乐⁽⁷⁾,斗酒十千恣欢谑。
主人何为言少钱,径须沽取对君酌⁽⁸⁾。
五花马⁽⁹⁾、千金裘,呼儿将出换美酒,与尔同销万古愁!

[注释]

(1) 将进酒:汉鼓吹铙歌十八曲之一,内容多写饮酒放歌时的情感。将(qiāng):请。
(2) 会须:应当。
(3) 岑夫子:岑勋。丹丘生:元丹丘,隐者。岑和元都是李白的好友。
(4) 将进酒,杯莫停:一作"进酒君莫停"。
(5) 钟鼓:古代富贵人家的音乐。馔(zhuàn)玉:珍美如玉的饮食。
(6) 寂寞:默默无闻。
(7) "陈王"二句:陈王,陈思王曹植。平乐,平乐观,宫殿名。恣,纵情。谑,戏谑。诗句化用曹植《名都篇》:"归来宴平乐,美酒斗十千。"
(8) 径须:直须,毫不犹豫地。
(9) 五花马:指名贵的马。一说毛色呈现五色花纹的马,一说马鬃剪修为五瓣。

第一章　人生哲思

[赏析]

　　李白的忧愁和悲哀可以写得俊秀飘逸，也可以写得气焰万丈。关于《将进酒》的写作时间，说法不一。郁贤皓《李白集》认为此诗约作于开元二十四年（736）前后。黄锡珪《李太白编年诗集目录》记录做于天宝十一载（752）。虽然时间不一，但一般认为这是李白天宝年间离京后，漫游梁、宋，与友人岑勋、元丹丘相会时所作。此时的李白已被唐玄宗"赐金放还"，政治前途缥缈无依，但在诗歌中依然用自己的旷达豪放勾勒出一片盛唐气象。

　　诗篇发端就是两组排比长句，一写自然，一写人生，气势宏大，意义深刻。写黄河之水奔流到海不复回，用自然喻人生，悲叹人生短暂，但诗人并不悲观，而是表达出乐观气概、豪情壮志。"天生我材必有用，千金散尽还复来。"金钱、地位、名声都不重要，要及时行乐，欢歌痛饮。诗人豪言壮语，直呼酒友姓名，高声劝酒："岑夫子，丹丘生，不要放下手中的酒杯，让我们一醉方休。"诗人继而酣饮高歌："与君歌一曲，请君为我倾耳听。"进而引经据典："古来圣贤皆寂寞，惟有饮者留其名。"举出陈王曹植作代表，并化用其《名都篇》"归来宴平乐，美酒斗十千"句。一提古来圣贤，二提陈王曹植，不平之气跃然纸上。

下面诗句中诗情再入狂放，而且愈来愈狂。"主人何为言少钱"，既照应"千金散尽"句，又故作跌宕，引出最后一番豪言壮语：即便千金散尽，也当不惜将名贵宝物——"五花马""千金裘"用来换取美酒，图个一醉方休。这结尾之妙，不仅在于"呼儿"与"尔"，口气甚大，而且表现了诗人的放诞。他高踞一席，颐指气使，提议典裘当马，几乎令人不知谁是"主人"，浪漫色彩极浓。诗歌末尾用"与尔同销万古愁"，与开篇之"悲"照应。

《将进酒》篇幅不算长，却节奏变换，气象不凡，是历代文人骚客吟咏传唱之名篇。人们在传诵这首诗歌的时候，仿佛看到了李白与岑夫子、丹丘生推杯换盏的画面。体会着诗中大起大落，纵横捭阖，由悲转乐、转狂放、转愤激、再转狂放、最后归结于"万古愁"的情绪。也许还想借这首诗抒发自己的不平和愤懑，但纵观历史，俯仰宇宙，一切都将归于平静。大家最敬佩的还是李白在诗歌中的华丽转身和精神成"仙"，这也是值得我们今天欣赏和传承的地方。

[思考与练习]

1. 学习吟诵《将进酒》。
2. 仔细阅读本诗，从声调、用字、用韵、用典等角度分析本诗在语言上的特点。
3. 通过阅读我们可以发现，李白的很多诗歌都与"酒"有着密切关系，请同学们分组举例相关诗句，并说说"酒"在这些诗歌中起到了什么作用。

拓展阅读

知己欢会，饮酒高歌，古往今来的很多诗歌作品中不乏此类主题。这些作品饱含了作者的人生际遇和人生慨叹，也像绵延不断的曲水流觞，给后人提供了放松精神的乐园。

宣州谢朓楼饯别校书叔云

[唐] 李白

弃我去者，昨日之日不可留。
乱我心者，今日之日多烦忧。
长风万里送秋雁，对此可以酣高楼。
蓬莱文章建安骨，中间小谢又清发。
俱怀逸兴壮思飞，欲上青天揽明月。
抽刀断水水更流，举杯消愁愁更愁。
人生在世不称意，明朝散发弄扁舟。

将进酒

[唐]李贺

琉璃钟，琥珀浓，小槽酒滴真珠红。
烹龙炮凤玉脂泣，罗屏绣幕围香风。
吹龙笛，击鼍鼓。皓齿歌，细腰舞。
况是青春日将暮，桃花乱落如红雨。
劝君终日酩酊醉，酒不到刘伶坟上土。

醉歌赠宋仲温

[明]高启

书足记姓名，剑可酬恩仇。
少学两不就，空作澹荡游。
与君相逢在东州，赤气浮面非凡俦。
驱车欲过公子宅，苦心莫伸涕横流。
黄云已蔽燕国晚，白露正满梁园秋。
天高海阔无处往，借问何以销烦忧？
千石酒，万户侯，请君论此谁当优？
吴门日出花满楼，醉眠不须遣客休。
君留绿绮琴，我脱紫衣裘。
今日春好能饮否？东风吹散江南愁。

梦游天姥吟留别[1]

[唐]李白

海客谈瀛洲[2]，烟涛微茫信难求[3]。
越人语天姥，云霞明灭或可睹。
天姥连天向天横，势拔五岳掩赤城[4]。
天台四万八千丈[5]，对此欲倒东南倾[6]。
我欲因之梦吴越[7]，一夜飞渡镜湖月[8]。

梦游天姥
吟留别

湖月照我影，送我至剡溪⁽⁹⁾。
谢公宿处今尚在⁽¹⁰⁾，渌水荡漾清猿啼。
脚著谢公屐⁽¹¹⁾，身登青云梯⁽¹²⁾。
半壁见海日⁽¹³⁾，空中闻天鸡⁽¹⁴⁾。
千岩万转路不定，迷花倚石忽已暝⁽¹⁵⁾。
熊咆龙吟殷岩泉，栗深林兮惊层巅⁽¹⁶⁾。
云青青兮欲雨，水澹澹兮生烟⁽¹⁷⁾。
列缺霹雳⁽¹⁸⁾，丘峦崩摧。
洞天石扉⁽¹⁹⁾，訇然中开⁽²⁰⁾。
青冥浩荡不见底⁽²¹⁾，日月照耀金银台⁽²²⁾。
霓为衣兮风为马，云之君兮纷纷而来下⁽²³⁾。
虎鼓瑟兮鸾回车，仙之人兮列如麻。
忽魂悸以魄动，恍惊起而长嗟⁽²⁴⁾。
惟觉时之枕席⁽²⁵⁾，失向来之烟霞⁽²⁶⁾。
世间行乐亦如此，古来万事东流水。
别君去兮何时还？且放白鹿青崖间⁽²⁷⁾，须行即骑访名山。
安能摧眉折腰事权贵⁽²⁸⁾，使我不得开心颜！

[注释]

（1）梦游天姥（mǔ）吟留别：诗题一作《别东鲁诸公》，是天宝四年李白将由东鲁游吴越时所作。天姥，山名，在今浙江新昌。

（2）瀛（yíng）洲：海外神山名。

（3）信：诚然，确实。求：访求。

（4）拔：超出。赤城：山名，在今浙江天台。

（5）天台：山名，在今浙江天台北，天姥山东南。

（6）"对此"句：是说天台山虽高，但与天姥山相对，仍显得低倾。以上第一段，越人介绍天姥山的险峻。

（7）之：指前面越人的话。

（8）镜湖：在今浙江绍兴南。

（9）剡（shàn）溪：水名，在今浙江嵊州。

（10）谢公：南朝宋代诗人谢灵运，他常在会稽一带游历，游天姥山时，他曾在剡溪这个地方住宿。渌（lù）水：清水。

（11）著（zhuó）：穿上。谢公屐（jī）：谢灵运游山时所穿的一种特制木鞋。鞋底装有活动的锯齿，上山去其前齿，下山去其后齿。

（12）青云梯：指高入青云的山路。谢灵运《登石门最高顶》："惜无同怀客，共登青云梯。"

（13）半壁：半山腰。

（14）"空中"句：是说天已明。天鸡，《述异记》："东南有桃都山，上有大树名曰桃都，枝相去三千里，上有天鸡。日初出照此木，天鸡则鸣，天下之鸡皆随之鸣。"

（15）暝：指天色已晚。

（16）"熊咆"二句：熊咆龙吟之声充满林泉，使人登此惊慌战栗。殷（yǐn）：形容声音洪大。

（17）澹澹：水波摇动的样子。

（18）列缺：闪电。霹雳：雷。

（19）洞天：神仙居处。

（20）訇（hōng）然：大声。

（21）青冥：远空。

（22）"日月"句：写洞天别有天地的胜景。

（23）云之君：云神。这里泛指从云中下降的群仙。

（24）恍（huǎng）：恍惚迷乱，一作"悦"。嗟：嗟叹。

（25）觉（jué）：醒。

（26）向来：旧来，指刚才的梦境。

（27）白鹿：传说中神仙所骑神兽。卫叔卿、王子乔都有骑白鹿之事。

（28）摧眉：低颜的意思。事：服侍。

[赏析]

梦最美好，也最自由。以梦为诗，诗亦如梦。这首诗的题目一作《别东鲁诸公》。其时李白虽然出翰林已有些年月了，而政治上遭受挫折的愤怨仍然郁结于怀。《梦游天姥吟留别》抒写了对光明、自由的渴求，对黑暗现实的不满，表现了蔑视权贵、不卑不屈的叛逆精神。诗歌想象奇伟，意境宏阔，内容丰富曲折，感慨深沉激烈，极富浪漫主义色彩。

"海客谈瀛洲，烟涛微茫信难求。越人语天姥，云霞明灭或可睹。"诗歌以古代传说中的海外仙境——瀛洲起兴，以虚实相生的手法引出现实中的天姥山。天姥山在浮云彩霓中时隐时现，不是仙境，胜似仙境。这种夸张对比手法突出了天姥胜景，也为后面由现实而入梦做好了铺垫。

从诗歌的第五句开始，诗人进入了梦幻之中。仿佛在月夜清光的照射下，他飞渡过明镜一样的镜湖。明月把他的影子映照在镜湖之上，又送他降落在南朝诗人谢灵运当年曾经歇宿过的地方。他穿上谢灵运当年特制的那种木屐，登上谢公当年曾经攀登过的石径——青云梯。

诗人想象自己进入天姥山仙境。时间上，从鸡鸣，到日出，到傍晚；空间上，从山脚湖上，到半山，到山上。视觉所见，海日、天鸡、奇花、异石，绚丽多彩，目不暇接。听觉所及，熊咆龙吟，震响于山谷之间，深林为之战栗，层巅为之惊动。这已经是多姿多彩的奇景，然而还不止于此。

在令人惊悚不已的幽深暮色之中，霎时间"丘峦崩摧"，一个神仙世界"訇然中开"。天色昏暗看不到洞底，日月照耀着金银做的宫阙。用彩虹做衣裳，将风作为马来乘，云中的神仙们纷纷下来。洞天福地，于此出现，"云之君"披彩虹为衣，驱长风为马，虎为之鼓瑟，鸾为之驾车，皆受命于诗人之笔，奔赴仙山盛会。"仙之人兮列如麻"！群仙好像列队迎接诗人到来。金台、银台与日月交相辉映，景色壮丽，异彩缤纷，何等惊心炫目，光耀夺人。李白好仙术，"五岳寻仙不辞远，一生好入名山游"，此时似乎进入仙界，幸会仙人，觉得自己羽化登仙，无上荣耀。

然而仙境倏忽消失，梦境旋亦破灭，诗人终于在惊悸中返回现实。诗人不是轻飘飘翱翔在梦幻之中，而是昏沉沉躺平在枕席之上。"古来万事东流水"，其中包含着诗人对人生失意的深沉感慨。此时此刻，诗人感到最能抚慰心灵的是"且放白鹿青崖间，须行即骑访名山"。最后添上一句"安能摧眉折腰事权贵，使我不得开心颜"着实是诗人追求自由的宣言。

这首诗内容丰富、曲折、奇谲、多变，它的形象辉煌流丽，缤纷多彩，构成了全诗的浪漫主义情调。它的格调昂扬振奋，潇洒飘逸，有一种不卑不屈的气概流贯其间。这就好像李白的政治生涯，从充满向往到投身其中到梦中惊醒，仿佛绚烂多姿的"一场梦"。等梦醒之际，李白从梦境中得到了升华和解脱，也给我们留下了无尽的启示和思考。

[思考与练习]

1. 诵读《梦游天姥吟留别》。

2. 本诗有许多名句历来为人传诵，请你选择自己最喜欢的一句进行赏析，并说明自己喜欢的原因。

3. 《梦游天姥吟留别》充分体现了李白作品的浪漫主义特点，请你仿照诗句的创作思路，结合自己熟悉的一处景观进行文学创作，诗歌、散文均可。

拓展阅读

我们都知道"读万卷书行万里路"的道理，许多诗人在有生之年以脚步丈量世界，他们遍访名山大川，追求自由自然之道。

桃源行

[唐] 王维

渔舟逐水爱山春,两岸桃花夹古津。
坐看红树不知远,行尽青溪不见人。
山口潜行始隈隩,山开旷望旋平陆。
遥看一处攒云树,近入千家散花竹。
樵客初传汉姓名,居人未改秦衣服。
居人共住武陵源,还从物外起田园。
月明松下房栊静,日出云中鸡犬喧。
惊闻俗客争来集,竞引还家问都邑。
平明闾巷扫花开,薄暮渔樵乘水入。
初因避地去人间,及至成仙遂不还。
峡里谁知有人事,世中遥望空云山。
不疑灵境难闻见,尘心未尽思乡县。
出洞无论隔山水,辞家终拟长游衍。
自谓经过旧不迷,安知峰壑今来变。
当时只记入山深,青溪几度到云林。
春来遍是桃花水,不辨仙源何处寻。

寄焦炼师

[唐] 李颀

得道凡百岁,烧丹惟一身。
悠悠孤峰顶,日见三花春。
白鹤翠微里,黄精幽涧滨。
始知世上客,不及山中人。
仙境若在梦,朝云如可亲。
何由睹颜色,挥手谢风尘。

青杏儿

[金] 赵秉文

风雨替花愁。风雨罢,花也应休。劝君莫惜花前醉,今年花谢,明年花谢,白了人头。

乘兴两三瓯。拣溪山好处追游。但教有酒身无事,有花也好,无花也好,选甚春秋。

行路难（其一）⁽¹⁾

[唐]李白

金樽清酒斗十千⁽²⁾,玉盘珍羞直万钱⁽³⁾。
停杯投箸不能食,拔剑四顾心茫然。
欲渡黄河冰塞川,将登太行雪满山。
闲来垂钓碧溪上,忽复乘舟梦日边⁽⁴⁾。
行路难,行路难,多歧路,今安在？
长风破浪会有时,直挂云帆济沧海⁽⁵⁾。

第一章　人生哲思

【注释】

（1）行路难：乐府《杂曲歌辞》旧题。李白的《行路难》组诗共有三首，此为第一首，大约是天宝三载（744）李白被谗离开长安时所作，诗里表现了政治上的苦闷，以及冲破艰难、实现理想的信心。

（2）斗十千：斗酒值万钱，是说酒美。

（3）珍羞：珍贵的菜肴，是说菜好。直：同"值"。

（4）"闲来"二句：是说有些人功名事业的成就，是出于偶然。垂钓，相传姜尚未遇周文王时，曾在磻溪钓鱼。梦日边，相传伊尹将受汤命，梦见自己乘船在日月边经过。这里把两个典故合用，表示人生遭遇，变幻莫测。

（5）"长风"二句：是说总会有一天，长风破浪远渡沧海，冲破艰难以实现理想。

【赏析】

李白给我们的印象是豪放飘逸，亦仙亦道。实际上他也曾有远大政治抱负，欲经世济时，建功立业。但不承想自己的政治道路如此艰难。李白奉诏入京时，曾经志得意满："仰天大笑出门去，我辈岂是蓬蒿人。"但是做了三年的翰林供奉，发现自己只是皇帝和朝廷的政治点缀而已，未能实现自己的政治理想，落得"赐金放还"。这首诗表现了李白黯然离京时由苦闷、抑郁、矛盾而转为振作的心路历程。

诗的前四句写李白离京时，友人设下盛宴为之饯行。面对美酒佳肴，朋友盛情，如果是平时的李白，当然会开怀畅饮。然而，这一次他却放下杯筷，无心美酒佳肴。一人独立旁边，拔下宝剑，举目四顾，心绪茫然。停、投、拔、顾四个连续的动作，形象地显示了内心的苦闷抑郁。

"欲渡黄河冰塞川，将登太行雪满山"紧承"心茫然"，正面写"行路难"。诗人用"冰塞川""雪满山"象征人生道路上的艰难险阻，象征政治理想的破灭。但是"欲渡""将登"表明虽然有艰难险阻，也要继续追求。

"闲来垂钓碧溪上，忽复乘舟梦日边"用了两个典故，一个是姜子牙，八十岁在磻溪钓鱼，愿者上钩，得遇文王；一个是伊尹，梦见自己乘舟远行，绕日月而过，而后受到商汤重用。说明成就一番事业需要遇到正确的时机和正确的人。"行路难，行路难，多歧路，今安在？"当他的思路回到眼前现实中来的时候，再一次感到人生道路的艰难。离筵上瞻望前程，只觉前路崎岖，歧途甚多，不知道他要走的路究竟在哪里，内心的疑问和矛盾跃然纸上。但是倔强而又自信的李白，并不愿意放弃对理想的追求。他用积极入世的态度，再次摆脱了歧路彷徨的苦闷，唱出了充满信心与希望的强音："长风破浪会有时，直挂云帆济沧海！"他相信尽管前路障碍重重，但仍将会有一天像南朝宋时宗悫所说的那样，乘长风破万里浪，挂上云帆，横渡沧海，到达理想的彼岸。

这首诗在七言歌行中只能算是短篇，但曲折多变，具有长篇的气势格局，其重要原因之一在于它表现了诗人复杂的心理感情变化，从沉郁、到矛盾、到犹疑转而昂扬。诗的开头，"金樽美酒""玉盘珍羞"，让人感觉这是欢乐的宴会，但紧接着

"停杯投箸""拔剑四顾"两个细节，显示了感情波涛的强烈冲击。中间四句，刚刚慨叹"冰塞川""雪满山"，又恍然神游千载上，仿佛看到了姜尚、伊尹由微贱而忽然得到君主重用。诗人的心理急遽变化交替。紧承的一句节奏短促、跳跃，完全是急切不安状态下的内心独白，表达出诗人进退失据而又要继续探索追求的复杂心理。结尾二句，经过前面的反复回旋以后，境界顿开，唱出了高昂乐观的调子，相信自己的理想抱负总有实现的一天。

通过这样层层叠叠的感情起伏变化，充分显示了当时政治现实对诗人宏大理想抱负的阻遏，反映了由此引起的诗人内心强烈的苦闷、愤郁和不平，突出表现了诗人的倔强、自信和对理想的执着追求。这首诗最有力量的一点是展示了力图从苦闷中挣脱出来的强大精神力量，这是李白的力量，也是其精神世界对我们的启迪。

[思考与练习]

1. 学习吟诵《行路难》。
2. 拓展阅读组诗中的另外二首，分析组诗中贯穿一致的思想感情，同时指出每首诗的特点。
3. 本诗运用了许多典故，请选择其中一例进行讲解，并说明典故的运用对诗歌表情达意有什么作用。

拓展阅读

"行路难"是乐府诗中的旧题，历代诗人创作了大量以"行路难"或者"拟行路难"为题的诗歌。如题所示，此类诗歌通常反映了诗人在人生、事业中的艰难困苦，也表达了诗人为实现人生理想的奋起与超越。

拟行路难（其六）

[南朝宋] 鲍照

对案不能食，拔剑击柱长叹息。
丈夫生世会几时，安能蹀躞垂羽翼。
弃置罢官去，还家自休息。
朝出与亲辞，暮还在亲侧。
弄儿床前戏，看妇机中织。
自古圣贤尽贫贱，何况我辈孤且直。

行路难（其二）

［唐］李白

大道如青天，我独不得出。
羞逐长安社中儿，赤鸡白雉赌梨栗。
弹剑作歌奏苦声，曳裾王门不称情。
淮阴市井笑韩信，汉朝公卿忌贾生。
君不见燕家昔时重郭隗，拥篲折节无嫌猜。
剧辛乐毅感恩分，输肝剖胆效英才。
昭王白骨萦蔓草，谁人更扫黄金台。
行路难，归去来。

行路难（其一）

［唐］柳宗元

君不见夸父逐日窥虞渊，跳踉北海超昆仑。
披霄决汉出沆漭，瞥裂左右遗星辰。
须臾力尽道渴死，狐鼠蜂蚁争噬吞。
北方竫人长九寸，开口抵掌更笑喧。
啾啾饮食滴与粒，生死亦足终天年。
睢盱大志小成遂，坐使儿女相悲怜。

登高(1)

［唐］杜甫

风急天高猿啸哀，渚清沙白鸟飞回(2)。
无边落木萧萧下(3)，不尽长江滚滚来。
万里悲秋常作客，百年多病独登台(4)。
艰难苦恨繁霜鬓(5)，潦倒新停浊酒杯(6)。

登高

[注释]

（1）唐代宗大历二年（767）秋，杜甫辗转于夔州，重阳登高作此诗。

（2）渚（zhǔ）：水中的小洲。

（3）落木：秋天飘落的树叶。

（4）百年：晚年，犹言一生。

（5）繁：增多，在这里形容词用作动词。

（6）新停：刚刚停止。重阳登高，理应喝酒，但杜甫因病戒酒，所以说"新停"。

[赏析]

登高是中国传统文化中非常重要的民俗活动。先秦宋玉在著名篇章《九辩》中记载了暮秋登高的场景："悲哉，秋之为气也！萧瑟兮草木摇落而变衰。憭栗兮若在远行，登山临水兮送将归。"到了汉高祖刘邦时期，"三月上巳，九月重阳，士女游戏，就此祓禊、登高"。魏晋南北朝时期，九九重阳节是最重要的节日之一。到了唐代，朝廷正式批准民间以重阳为节令。自此之后，重阳登高成为代代相传的民间重要节日习俗。

每逢农历九月初九，秋高气爽，阖家出游。人们登高或为了祛邪避灾，或为了祈求身体健康、生活平安顺遂，或为了放松身心。不管出发点是什么，重阳登高成为了中国人的一种行为习惯和精神寄托，也充满了仪式感。人们会"佩茱萸，食蓬饵，饮菊花酒"，东晋诗人谢灵运为了登高的方便，还自制了一种前后装有铁齿的木屐，人称"谢公屐"。唐中宗曾于重阳节率群臣登高饮酒并赋诗。重阳登高也成为中国诗歌创作的重要主题之一，留下了许多旷世佳作。

诗圣杜甫的这首《登高》正是作于重阳，通过目之所见的夔州秋色江景，倾诉了诗人因长年漂泊、老病缠身，加之国家前途渺茫而产生的孤独忧愁的复杂感情。清代杨伦在《杜诗镜铨》中评价《登高》是"杜集七言律诗第一"。明代胡应麟评价《登高》不仅仅是杜甫七言律诗第一，更是唐朝七律第一，甚至是历史七律第一。能在一种诗歌体裁上执牛耳，这首《登高》最非凡之处在于恪守七律格式之下，宏大场景中叙事的细腻和表现出的情感张力。

诗歌首联以对仗开篇，"风急"二字掷地有声，渲染悲凉的气氛。"哀"字使人进入作者所营造的忧伤情境，不能自拔，一字奠定了全诗基调。接下来视线转移到江中洲渚，水清沙白，鸟群盘旋，好似一幅以冷色调着墨的绝妙水墨画。诗人仰望茫无边际、萧萧而下的木叶，俯视奔流不息、滚滚而来的江水。韶光易逝、壮志难酬的悲怆之感在心中郁结。面对秋风秋水的愁煞，颔联"无边落木萧萧下，不尽长江滚滚来"的千古绝唱也随之喷薄而出。

接下来，诗人用"万里悲秋常作客，百年多病独登台"这有限的字数概括了诗人艰辛动荡的一生。"悲秋"已让人黯然神伤，"万里悲秋"更是让人凄怆不已。一个"常"字更是道出"万里悲秋"时常与之相伴，悲哀感强烈浓重，令人心神寂寥，无可排遣。"百年""独登台"饱含着孤独感和晚年事业无成的辛酸。尾联"艰难苦恨"四个字凝聚了全诗的景象和心境，通过"潦倒"的感喟把人生易逝与功业难求联系到一起，这种情绪在重阳不能饮酒的身心疲惫中愈加渲染，达到极致。

我们能想象到的人生挫折能有哪些呢？清贫如洗，疾病缠身，生计无着，妻离子散，国破家亡。这些痛苦至极的字眼只是存在于今天读诗词人的脑海里，但却是诗人杜甫实实在在的人生经历。他一生都痛苦地匍匐于苦难的大地之上，活得艰辛而悲戚。他人生的大部分时光是在战争的缝隙中穿行的，即使得到片刻的安宁，到头来仍是满身疮痍，久久不能痊愈。这种人生境遇像是一次修行，让杜甫从痛苦中得到感悟，在诗歌中传达这种痛苦给人深深的打击和另一个层次的启迪，成就了"史诗"的巨大力量。如果你觉得自己的人生遇到了挫折，再来读这首《登高》时，你便能感同身受，也能在其中试着整理好心情，重新出发。

[思考与练习]

1. 这首《登高》四联皆对，一气呵成，格律严整，音韵优美，非常适合吟诵。请你跟随授课老师学习这首诗的吟诵并表现出来。

2. 优秀的诗歌都具有画面感和生动的形象，这首词蕴含怎样的画面？刻画了哪些生动的形象？

3. 《登高》全诗情景交融，请结合具体一联，分析诗歌表达了什么样的思想感情，是如何表达出来的。

拓展阅读

中华民族是一个多情的民族，在历史长河中为"重阳节"赋予了更多的感情和内涵。它可以是远征万里的将士对故国、故乡、故人深深的思念，也可以是异乡异客对挚友、亲人、爱人的惦记。这些情感在重阳插茱萸、戴菊花、饮菊酒、登高望远的仪式中流传、沉淀。

行军九日思长安故园

[唐] 岑参

强欲登高去，无人送酒来。
遥怜故园菊，应傍战场开。

九日齐山登高

[唐]杜牧

江涵秋影雁初飞,与客携壶上翠微。
尘世难逢开口笑,菊花须插满头归。
但将酩酊酬佳节,不用登临恨落晖。
古往今来只如此,牛山何必独沾衣。

采桑子·九日

[清]纳兰性德

深秋绝塞谁相忆,木叶萧萧。乡路迢迢。六曲屏山和梦遥。
佳时倍惜风光别,不为登高。只觉魂销。南雁归时更寂寥。

江城子⁽¹⁾·密州出猎

[宋]苏轼

老夫聊发少年狂⁽²⁾。左牵黄,右擎苍⁽³⁾,锦帽貂裘⁽⁴⁾,千骑卷平冈⁽⁵⁾。为报倾城随太守⁽⁶⁾,亲射虎,看孙郎⁽⁷⁾。

酒酣胸胆尚开张⁽⁸⁾。鬓微霜,又何妨!持节云中,何日遣冯唐⁽⁹⁾?会挽雕弓如满月⁽¹⁰⁾,西北望,射天狼⁽¹¹⁾。

江城子·
密州出猎

【注释】

(1)江城子:词牌名。又名《村意远》《江神子》《水晶帘》。词牌名来源于唐著词曲调,唐著词是唐代的酒令。晚唐时期,《江城子》在酒筵上流行,经过文人的加工,成为一首小令的词调。文人韦庄最早依此调创作词,所作均为单调。到苏轼开始由单调变为双调。至此这一词牌发展成熟,格式也日趋定型并得到推广。从格律上看多为平韵,双调体偶尔也会填仄韵。

(2)老夫:作者自称,作此词时年约三十九。聊:姑且,暂且。狂:豪情。

(3)黄:黄犬。苍:苍鹰。左牵黄,右擎苍:左手牵着黄犬,右臂擎着苍鹰。这一句描绘了围猎时追捕猎物的情势。

（4）锦帽：头上戴着华美鲜艳的帽子。貂裘：身上穿着貂皮大衣。锦帽貂裘是汉羽林军穿的服装，这里指跟随太守出城围猎的将士的服装。

（5）千骑：上千个骑马的人，形容随从乘骑之多。卷平冈：形容马多尘土飞扬，把山冈像卷席子一般掠过。

（6）倾城：全城的百姓。太守：指作者自己。宋时知州的职权等于汉时的太守，故称。此句的意思是：请为我报知全城的百姓，随我出猎。

（7）看孙郎：孙郎，孙权，作者这里借孙权自喻。"亲射虎，看孙郎"为"看孙郎，亲射虎"的倒装句。

（8）"酒酣"句：极兴畅饮，胸怀开阔，胆气横生。尚：更。

（9）"持节"二句：是说朝廷何日派遣冯唐去云中郡赦免魏尚的罪呢？典出《史记·冯唐列传》。汉文帝时，魏尚为云中太守。他爱惜士卒，优待军吏，匈奴远避。后匈奴来犯，魏尚亲率车骑出击，所杀甚众。但因报功文书上所载杀敌的数字比实际数量多了六个，被削职。经冯唐代为辩白后，文帝也认为判得过重，就派冯唐"持节"去赦免魏尚的罪，让魏尚仍然担任云中郡太守。节，兵符，古代使臣用以取信的凭证。云中，汉时郡名，今内蒙古自治区托克托县一带，包括山西省西北一部分地区。

（10）会：定要。雕弓：弓背上有雕花的弓。

（11）天狼：星名，又称犬星，旧说主侵掠。《楚辞·九歌·东君》："举长矢兮射天狼。"《晋书·天文志》云："狼一星，在东井东南。狼为野将，主侵掠。"词中以之隐喻侵犯北宋边境的辽国与西夏。

[赏析]

好诗好词均可入画。在这首《江城子·密州出猎》中，就有一位豪放洒脱的英雄形象。壮阔场面中，一位外出行猎，意气风发的太守形象跃然纸上。他左手牵黄狗，右手擎猎鹰，头戴锦绣的帽子，身披貂皮的外衣，一身猎装，气宇轩昂，何等威武。他能"千骑卷平冈"。一个"卷"字，写出了太守率领的队伍势如磅礴倾涛，何等雄壮。他能让全城的百姓来看行猎，万人空巷。他能如孙权当年一样亲自射杀老虎，雄姿勃发。

读了词的上阕，每个人都会在心中感叹，好一位英姿飒爽的太守，好一幅底蕴深厚的文人画！这位英雄太守是谁？可以说是苏轼自己，或者说是苏轼理想中的自己。这首词约作于熙宁八年（1075）冬，是苏轼豪放词创作中的代表篇目。当时苏轼任密州（今山东诸城）知州，围猎归来作此词，自己非常满意。据《东坡纪年录》记载："乙卯冬，祭常山回，与同官习射放鹰作。"苏轼对这首痛快淋漓之作颇为自得，在给友人的信中曾写道："近却颇作小词，虽无柳七郎风味，亦自是一家。呵呵，数日前，猎于郊外，所获颇多，作得一阕，令东州壮士抵掌顿足而歌之，吹笛击鼓以为节，颇壮观也。"今天看来，苏轼之所以满意这首词作，一是因为自己所作之词虽与当时流行的婉约词不相同，但词境毫不逊色。同时，苏轼在词中描绘的人物、景物，用典意象，抒发的感情全都是发自肺腑，所以特别真挚，也特别具有感染力。

这首词起句用一"狂"字笼罩全篇，借以抒写胸中雄健豪放的一腔磊落之气。"狂"虽是"聊发"，却源自真实。作这首词时苏轼约三十九岁，按说正值盛年，不应言老，却自称"老夫"，又言"聊发"，苏轼外任或谪居时常常以"疏狂""狂""老狂"自居。这一方面与"少年"二字形成强烈反差，形象地流露出内心郁积的情绪。另一方面也是其对人生经历的一种沉淀，虽年龄尚青，但阅尽世事，此中意味需要特别体会。

我们读过很多外放文人的诗词作品，但这首《江城子·密州出猎》却非常不同。虽然感情上也有低沉怨怼，但总能随着诗词的叙述，情节的开展得到化解。这和苏轼本人的性格有极大关系。苏轼是有政治抱负的，虽然此时苏轼外放，政治理想难以得到实现，不免出现情绪的低落，但他仍然相信自己的判断和才能。所以无论身处何地，他都想尽己所能，造福一方。这首词直接以狩猎场景冲击低落情绪，出猎之际痛痛快快喝了一顿酒，意兴正浓，胆气更壮。虽然"冯唐易老，李广难封"，但今天要把太守出猎的盛况告知全城父老。一位心系百姓，渴望建功立业的主人公形象生动地描绘出来了。

这首词以"密州出猎"为题，但其内涵已经远远超越了出猎本身，体现出一种大无畏的英雄情结，爱国豪情力透纸背。北宋仁宗、神宗时期，国力不振，国势羸弱，时常受到辽国和西夏的侵扰，令许多尚气节之士义愤难平。想到国事，想到自己怀才不遇、壮志难酬的处境，苏轼借出猎的豪兴，将深隐心中的夙愿和盘托出，不禁以西汉魏尚自况，更希望朝廷能派遣冯唐一样的使臣，前来召自己回朝，得到朝廷的信任和重用。将飞鹰走狗与演习备战联系在一起，使词的主题升华到了有志于投身反侵略斗争前线的爱国主义的高度。

这首词感情如此纵横奔放，呈现令人"觉天风海雨逼人"之势，与其强大的艺术表现力密不可分。词中一连串表现动态的词，如发、牵、擎、卷、射、挽、望等，使狩猎场面十分生动形象。整个下阕高管急弦，音调越来越激昂慷慨，至末尾"会挽雕弓如满月，西北望，射天狼"戛然而止，意蕴高扬。全词表现了作者的胸襟见识、情感旨趣、理想抱负，一波三折，姿态横生，充满阳刚之美，使其成为历久弥珍的名篇。

[思考与练习]

1. 这首词场面宏大，情感丰富。请和同学组成学习小组，通过适当编排，诵读《江城子·密州出猎》。
2. 结合这首词的内容，分析词中塑造的主人公形象和苏轼本人的共通之处，并说说人物形象的塑造传达了作者怎样的情感思想。
3. 优秀的诗词离不开高超的艺术表达手法。请你举例分析《江城子·密州出猎》运用的艺术表达手法和其对诗词的重要作用。

拓展阅读

狩猎是中华民族形成过程中重要的谋生、生产活动之一，原始先民很早就在实践中认识到，仅仅以植物果实为食不能提高自身的身体机能，而动物脂肪及蛋白质等营养物质则可以满足人体的新陈代谢。随着农耕时代到来，狩猎仍然作为重要的生活生产资料获得途径保存下来，甚至作为社交娱乐项目广受欢迎。狩猎文化在中国传统文化中也占有一席之地。北方以狩猎为主题的岩画清晰记录了猎人手持武器时的猎姿、猎取的对象、行猎的方式等。《风俗通义·三皇》中记载："结绳为网罟，以田以渔。""田"就是"打猎"的意思，可见狩猎文化也深深镌刻于语言汉字发展历史之中。

观猎

[唐] 王维

风劲角弓鸣，将军猎渭城。
草枯鹰眼疾，雪尽马蹄轻。
忽过新丰市，还归细柳营。
回看射雕处，千里暮云平。

和张仆射塞下曲六首

[唐] 卢纶

鹫翎金仆姑，燕尾绣蝥弧。
独立扬新令，千营共一呼。
林暗草惊风，将军夜引弓。
平明寻白羽，没在石棱中。
月黑雁飞高，单于夜遁逃。
欲将轻骑逐，大雪满弓刀。
野幕敞琼筵，羌戎贺劳旋。
醉和金甲舞，雷鼓动山川。
调箭又呼鹰，俱闻出世能。
奔狐将迸雉，扫尽古丘陵。
亭亭七叶贵，荡荡一隅清。
他日题麟阁，唯应独不名。

雉带箭

[唐] 韩愈

原头火烧静兀兀，野雉畏鹰出复没。
将军欲以巧伏人，盘马弯弓惜不发。
地形渐窄观者多，雉惊弓满劲箭加。
冲人决起百余尺，红翎白镞随倾斜。
将军仰笑军吏贺，五色离披马前堕。

如梦令(1)

[宋] 李清照

昨夜雨疏风骤(2)，浓睡不消残酒(3)。试问卷帘人，却道海棠依旧。知否，知否？应是绿肥红瘦(4)。

如梦令

第一章　人生哲思

[注释]

（1）如梦令：词牌名，又名《忆仙姿》《宴桃源》，五代时后唐庄宗李存勖创作，《清真集》入"中吕调"，全词含三十三字，用五仄韵，一叠韵。

（2）雨疏风骤：雨点稀疏，晚风急猛。疏：稀疏。

（3）浓睡：酣睡。残酒：尚未消散的醉意。

（4）绿肥红瘦：绿叶繁茂，红花凋零。

[赏析]

文学家歌德对于"美"这个主题有过这样的阐述："美其实是一种本原现象，它本身固然从来不出现，但它反映在创造精神的无数不同的表现中，都是可以目睹的，它和自然一样丰富多彩。"每一个人都爱美，欣赏美，但如何表达美？如何表达出美的不同侧面？这需要一双洞察美的眼睛和一个思考美的灵魂。有"千古第一才女"之称的宋代词人李清照无疑是这方面的佼佼者。

这首《如梦令》是李清照早期作品，这首词以人物、场景、对话为主体，充分展现了宋词的语言表现力和词人的才华。也许是不忍看到海棠的凋谢，诗词主人公昨夜多喝了几杯浓酒以消除心中的惆怅。第二天早上人已起来，宿醉却一直没有消除。想起园中海棠在一夜风雨的摧残下不知作何结果。于是急急询问身边侍女，谁知侍女回答"依旧"。真是个粗心的丫头。暮春时节，风萧萧，然而雨却是疏落，一夜风雨必然是"绿肥红瘦"。绿色代替树叶，红色代替花朵，肥的是因水分充足而茂盛的雨后树叶，瘦的是因禁不住雨水而凋谢稀少的雨后花朵。红瘦，意味着春天正在逐渐消失；绿肥，意味着茂盛的仲夏即将到来。"绿肥红瘦"是从听觉到视觉，从内心到客观现实的转化过程，形象之美毕现。

诗词读罢，我们完全可以在脑海中勾勒出这幅"主仆对话图"，甚至可以想象出前一夜的"花园醉酒图"和现在的"绿肥红瘦图"。词人并没有平铺直叙描写暮春时节百花凋敝的情景。而是立足于清晨酒醒，回忆昨夜。通过主仆二人的对话，把听觉内容逐渐具体化、视觉化，最后落于"绿肥红瘦"四字。正因为这首词有一个从听觉到视觉，从内心到客观现实的转化过程，所以才能给读者留下广阔的想象空间,这首词之所以耐人咀嚼,其原因也正在这里。这种从生活场景入词的方式既新颖又充满悬念,可见词人创作技巧之高,也可见其敏感细腻的心思,意义之美毕现。

　　李清照作词清新自然而又富有音乐美。其有"倚声家"风范,能在词的格律下选字用词。她的语言明白家常,能"以寻常话度入音律",化俗为雅。词中"骤""旧""瘦"押的是去声"宥"韵。发音时口型较圆,给人一种深沉、内敛的感觉,与词中表达的复杂情感相契合。"酒""否"压上声"有"韵。这种细微的差别增加了词的音韵变化,使得整首词的韵律更加丰富和有层次感。特别是一句"知否,知否"在符合格律的前提下,用短促而紧凑的语言表现了主仆间内容丰富的对话,娇嗔之感和亲密融洽的关系通过语言传达给读者,又让读者从视觉到听觉立体感受到了"美",文辞之美毕现。

　　这首词很短,总共不过三十三字,但它却能通过生活中一个极其普通的细节,反映作者丰富的内心世界,用语平白浅近,意境含蓄深厚,具有"弦外音,味外味"。正所谓:"易安词的读解,入时易,因其文显而语浅;出时难,因其意曲而情深也。"

〔思考与练习〕

　　1.《如梦令》声韵优美,请学习吟诵并表现出来。
　　2."绿肥红瘦"形象地表达出暮春时节花叶形态。请分析其艺术手法和构思精巧之处。
　　3.这首小令虽短,但包含的感情丰富,意蕴深远。请结合具体的词句、意象说明其包含的感情、意境。

拓展阅读

　　词,又被称为长短句,词是可以用来演唱的,所以词牌是规定其曲调的,每个词牌都有其固定的格式与声律。词牌的名字规定着这首词的字数、平仄和韵脚。词与诗不同,诗的体式格律相对简单,而词总共有1000多个格式。据不完全统计,"词牌名"总共有1680个,其中大部分产生于唐、宋,也有少数作于金、元。词正文的内容多数与"词牌名"本身的含义没有必然联系,但因为字数和用韵的限制,同一词牌名的词在风格和所述之情上有一定的相通性。

忆仙姿

[五代] 李存勖

曾宴桃源深洞,一曲清歌舞凤。长记欲别时,和泪出门相送。如梦!如梦!残月落花烟重。

如梦令

[宋] 秦观

莺嘴啄花红溜,燕尾点波绿皱。指冷玉笙寒,吹彻小梅春透。依旧,依旧,人与绿杨俱瘦。

如梦令

[清] 龚自珍

紫黯红愁无绪,日暮春归甚处?春更不回头,撇下一天浓絮。春住!春住!黦了人家庭宇。

声声慢⁽¹⁾

[宋] 李清照

寻寻觅觅⁽²⁾,冷冷清清,凄凄惨惨戚戚⁽³⁾。乍暖还寒时候⁽⁴⁾,最难将息⁽⁵⁾。三杯两盏淡酒,怎敌他⁽⁶⁾、晚来风急。雁过也,正伤心,却是旧时相识⁽⁷⁾。
满地黄花堆积,憔悴损⁽⁸⁾,如今有谁堪摘⁽⁹⁾?守着窗儿⁽¹⁰⁾,独自怎生得黑⁽¹¹⁾。梧桐更兼细雨⁽¹²⁾,到黄昏、点点滴滴。这次第⁽¹³⁾,怎一个愁字了得!

声声慢

【注释】

　　(1) 声声慢：词牌名，又名《胜胜慢》《人在楼上》《寒松叹》《凤求凰》等。此调最早见于北宋晁补之词，古人多用入声，有平韵、仄韵两体。此调风格缓慢哽咽，如泣如诉，多写愁苦忧思题材。

　　(2) 寻寻觅觅：若有所思，想把失去的东西都找回来。叠字表现内心的空虚迷惘。

　　(3) 戚戚：忧愁的样子。

　　(4) 乍暖还（huán）寒：指秋天忽然变暖，又突然转冷的天气。

　　(5) 将息：调养休息。

　　(6) 敌：对付，抵挡。

　　(7) "雁过也"三句：表示怀念和悼亡。作者写这首词时流寓江南，丈夫赵明诚已死，书信无人可寄。所以看见北雁南来，感到伤心。作者早期寄给赵明诚的《一剪梅》词中有云："云中谁寄锦书来，雁字回时，月满西楼。"所以称雁为旧相识。

　　(8) 损：坏。表示坏的程度极高。

　　(9) 堪：可。

　　(10) 守着窗儿：有的版本写作"守著窗儿"。

　　(11) 怎生：怎样，怎么。生：助词。

　　(12) 梧桐更兼细雨：暗用白居易《长恨歌》"秋雨梧桐叶落时"诗意，营造凄婉哀伤的氛围。

　　(13) 次第：光景，情形。

【赏析】

　　每一首诗词都蕴含着一段人生经历，饱含着诗词创作者或欣喜、或辛酸的历程。

而诗词成为经典，因为作者能把个人化的感触通过精妙的语言、恰当的意象和丰富的感情传达出穿越时空的力量。《声声慢》是李清照经历了亡国南渡、丈夫离世等一系列人生重大变故后所作之词。作者尝尽了国破家亡、颠沛流离的痛苦，有感而发，写得格外深沉凝重、哀婉凄苦。此作一经传唱便震动词坛，成为千古佳品。

宋词是用来演唱的，因此音调和谐是一个很重要的内容。这首词起句便不寻常，一连用七组叠词。七组叠词极富音乐美，不但在填词方面，即使在诗赋曲中也难有。李清照凭借自己对音律的极深造诣以七组叠词开篇。朗读起来，只觉齿舌音来回反复吟唱，徘徊低迷，婉转凄楚，有如听到一个伤心至极的人在低声倾诉。她还未开口就觉得已能使听众感觉到她的忧伤，而等她说完了，那种伤感的情绪还是没有散去。一种莫名其妙的愁绪在心头和空气中弥漫开来，久久不散，余味无穷。

接下来，诗词主人公由寻看无果的茫然转到天气强烈的变化。表面看是在说天气，仔细听更像在说她本人的遭遇。金兵入侵前夫唱妇随、安静优渥的生活和现在形单影只、孤苦无依的状态产生了强烈的对比。生活一下子从幸福的巅峰跌落到痛苦的渊底。这种经历与"乍暖还寒"的天气多么相似。面对这些，主人公只能"借酒消愁"，只是烈酒入愁肠也变成了淡酒，无法消解内心之苦。正当主人公独自面对酒伤心伤神之时，却突然听到孤雁的一声悲鸣，那种哀怨的声音直划破天际，也再次划破了词人未愈的伤口。"旧相识"是旧日作为传情信使的大雁，这种情意缱绻的烈鸟仍在，但收信之人已永远死生相隔。这一句包含的无限哀愁在鸿雁悲鸣中愈加浓烈，真是"物是人非事事休，欲语泪先流"。

词的下阕从眼前残秋之景写起，这时看见那些菊花，再无当年那种"东篱把酒黄昏后，有暗香盈袖"的雅致了，才发觉花儿也已憔悴不堪。其实憔悴不堪的又何止菊花，更是面对着菊花的主人公。独自对着孤雁残菊，更感凄凉。手托香腮，珠泪盈眶，就这样怕黄昏，捱白昼，一天又一天。特别是这阴沉的天，看不出时辰变化的漫长使孤独变得更加可怕。好不容易等到了黄昏，却又下起雨来。点点滴滴，淅淅沥沥的，正有"无边丝雨细如愁"之感。至此全词戛然而止，用一个"愁"字概括定音，既是收，也是放。言已尽而意无穷，其中滋味只留给作者与读者细细咀嚼。

在短短的时间内，李清照生活中珍贵的一切都已丧失。梦绕魂牵的家乡再难归去；亲密相处的伴侣，也永远失去了。南渡后的她只能在对往日幸福生活的追忆中辛苦度日。面对国破家亡，再有雄心壮志之人也只能作无可奈何的寻觅。这是一种悲剧，但也给了作家悲剧的力量。一位作家，随着所处时代和生活环境的变动，其心灵对生活的审美敏感也会发生变更。南渡后李清照词核心意象的转换以及所抒之愁内质的变异，扩大并深化了其词境。这正是国破家亡的离乱人生促成的。生活折磨了她，却也成全了她，使之以女儿身成为中国古代文学创作人中的佼佼者，以女性视角缔造了宋词的一个高峰。

[思考与练习]

1.《声声慢》声韵和谐，凄美动人。请学习吟诵并表现出来。
2. 对比李清照南渡前后诗词的创作，会发现其情感世界和表达方式有了很大的改变，请结合《如梦令》和《声声慢》做对比分析。

3. 李清照写词喜欢用一些固定的意象来营造意境。请你找出《声声慢》所用意象，说说意象使用和意境、情感表达之间的关系。

拓展阅读

受中国古代经济社会影响，女性文学家数量有限。但她们以其自身的才华和独特的内心世界直接参与诗歌创作，留下了一批脍炙人口的诗词作品。这些作品或典雅细腻，或率性自然，或旷达豪放，或意蕴深沉，成为中华经典诗词作品中极具特色的一类，为后来人欣赏、学习、传颂。

怨歌行

[汉] 班婕妤

新裂齐纨素，鲜洁如霜雪。
裁为合欢扇，团团似明月。
出入君怀袖，动摇微风发。
常恐秋节至，凉飚夺炎热。
弃捐箧笥中，恩情中道绝。

筹边楼

[唐] 薛涛

平临云鸟八窗秋，壮压西川四十州。
诸将莫贪羌族马，最高层处见边头。

忆秦娥·正月初六日夜月

[宋] 朱淑真

弯弯曲，新年新月钩寒玉。钩寒玉，凤鞋儿小，翠眉儿蹙。
闹蛾雪柳添妆束，烛龙火树争驰逐。争驰逐，元宵三五，不如初六。

青玉案⑴·元夕

[宋] 辛弃疾

东风夜放花千树⑵,更吹落、星如雨⑶。宝马雕车香满路⑷。凤箫声动⑸,玉壶光转⑹,一夜鱼龙舞⑺。

蛾儿雪柳黄金缕⑻,笑语盈盈暗香去⑼。众里寻他千百度⑽,蓦然回首⑾,那人却在,灯火阑珊处⑿。

[注释]

（1）青玉案：词牌名。青玉是南阳独山所出之玉，质地温润，色青似水，与翡翠色接近，在汉时名闻天下。张衡作《四愁诗》："美人赠我锦绣段，何以报之青玉案"，后取为词牌名。以"青玉案"为名的词包含六十七字，上、下阕各用五仄韵，第五句也可以不用韵。

（2）花千树：花灯之多如千树花开。

（3）星如雨：指焰火纷纷，乱落如雨。星：焰火。这一句用来形容满天的烟花。

（4）宝马雕车：豪华的马车。

（5）凤箫：箫的美称。

（6）玉壶：比喻月亮，亦可解释为花灯。

（7）鱼龙舞：指舞动鱼形、龙形的彩灯，如鱼龙闹海一样。

（8）蛾儿：古代妇女元宵节的应时头饰。雪柳：原是一种植物，此处指妇女元宵节插戴的饰物。黄金缕：戴在头上的金丝绦。这三个词连用，指元宵佳节妇女盛装出行。

（9）盈盈：声音轻盈悦耳，亦指仪态娇美的样子。暗香：本指花香，此指女性们身上散发出来的香气。

（10）他：泛指第三人称，古时就包括"她"。度：次，遍。

（11）蓦（mò）然：突然，猛然。

（12）阑珊：零落稀疏的样子。

[赏析]

国学大师王国维在《人间词话》中说："古今之成大事业、大学问者，必经过三种之境界：'昨夜西风凋碧树。独上高楼，望尽天涯路。'此第一境也。'衣带渐宽终不悔，为伊消得人憔悴。'此第二境也。'众里寻他千百度，蓦然回首，那人却在，灯火阑珊处。'此第三境也。"这三境界是成大事、做学问的三境界，也是人生的三境界，目标的确立、意义的探索、结果的达成都蕴含其中。我们总希望人生有所"获"，有所"得"，但这些希望何时实现？"获""得"又能给人生带来什么？读懂了《青玉案·元夕》或许能找到答案。

这首词的上阕主要写元宵节的夜晚，在这样一个没有"宵禁"的迎春之夜，东风还未催开百花，却先吹放了元宵节的火树银花。满城灯火，众人狂欢的盛事中，灯花铺满大街小巷，燃放的烟火冲上云霄，花灯烟火交相辉映，天地相接，好似陨星雨。在这样热闹非凡的街巷，达官贵人乘"宝马香车"携带家眷出门赏灯，民间艺人载歌载舞。鱼龙漫衍，社火百戏，车马、鼓乐、灯火此起彼伏，好一个繁华热闹、令人目不暇接的人间仙境。

此时，一个保持理智、略显清冷的抒情主人公出现在词的下阕。他游走在人群中，看着赏玩月夜的美女们头上都戴着亮丽的饰物，行走过程中不停地说笑，在她们走后，衣香还在暗中飘散。然而这些丽人都非作者意中关切之人。他寻找的那个人却总是踪影难觅，好像已经是没有什么希望了。忽然，眼睛一亮，在那一角残灯旁边，分明看见了她。发现"那人"的一瞬间，是苦心追寻的结果，也因为过程的艰辛和节日氛围的衬托显得弥足珍贵。

初读这首词，总觉得写的是爱情，那种"众里寻他千百度"的良苦用心，那种"蓦然回首"的惊喜分明就是少年对于坚贞爱情和出其不意的期待。灯、月、烟火、笙笛、社舞交织成的元夕欢腾，惹人眼花缭乱的一队队美女丽人，原来都只是为了意中之"那人"而设，倘若无此人，那一切就没有任何意义与趣味。

孟子有"知人论世""以意逆志"之说，这首词的作者是有"词中之龙"之称的辛弃疾，他在青少年时代就立下了恢复中原、报国雪耻的志向。他在壮年率领五十多人袭击几万人的敌营，把叛徒擒拿带回建康，交给南宋朝廷处决。他垂垂老矣仍要"了却君王天下事，赢得生前身后名"，临终大喊三声"杀敌、杀敌、杀敌！"。在了解了辛弃疾生平事迹后，可以发现"那人"似乎不是佳人，这首词不仅仅在写爱情，更是在写人生。站在灯火阑珊处的"那人"分明就是词人自己。此时的他不受重用，文韬武略施展不出，心中怀着无比惆怅，就像站在热闹氛围之外的"那人"一样。但也正是因为跳出了世俗浮云，"那人"诠释了宁受冷落也不肯同流合污的高士之风，更进一步坚定了自己对人生的追求。

《人间词话》选"众里寻他千百度，蓦然回首，那人却在，灯火阑珊处"为"第三境"是在讲人生的"获得"总在艰苦卓绝的求索后，也在时移世易的顿悟中。但这样"获得"一定不能违背自己的初心。这就是人生，你不能时时刻刻参加一场又一场的盛宴狂欢，有的时候需要绝世而独立，或许为了保持内心的平静，或许为了守住道德的底线，或许为了给自己时间和空间……但越是奋力去争取，越是能感受到获得的珍贵。越是正确地看待所得之物，越能体会到人生的价值。

[思考与练习]

1. 请诵读《青玉案·元夕》。
2. 结合此词的创作背景，分析词中的"那人"意象以及词人表达的思想情感。
3. 结合王国维《人间词话》的人生三境界，谈谈中国古典诗词中意象、意境及其意趣。

拓展阅读

"元夕节"的节期是正月十五，又名"元宵节""上元节"。民间亦将其称之为"正月十五""正月半"。大张灯火是元宵节最为重要的民俗活动。唐代上元不禁夜，倾城出动，彻夜观灯。宋代的"元宵节"则是参与人最广泛的一个节日。不论男女老幼，也不论身份学识，皆游街观灯，使之成为十二三世纪中国的"狂欢节"。

正月十五夜

[唐]苏味道

火树银花合，星桥铁锁开。
暗尘随马去，明月逐人来。
游伎皆秾李，行歌尽落梅。
金吾不禁夜，玉漏莫相催。

王国维是中国近现著名学者，他善于运用中西方研究成果，取其所长，弃其所短地革新中国文艺研究。《人间词话》是王国维最有代表性、影响最为广泛的文学理论批评著作。其以诗词的境界入手，探讨词的审美本质、审美特征和基本类型。其中的"境界说"深刻形象，别具一格。

蝶恋花

［宋］晏殊

　　槛菊愁烟兰泣露，罗幕轻寒，燕子双飞去。明月不谙离恨苦，斜光到晓穿朱户。

　　昨夜西风凋碧树，独上高楼，望尽天涯路。欲寄彩笺兼尺素，山长水阔知何处？

蝶恋花

［宋］柳永

　　伫倚危楼风细细，望极春愁，黯黯生天际。草色烟光残照里，无言谁会凭阑意。

　　拟把疏狂图一醉，对酒当歌，强乐还无味。衣带渐宽终不悔，为伊消得人憔悴。

第二章　千古情思

"问世间情为何物，直教生死相许。"情为情义、情感、情怀、情理、情欲，是生而为人的最丰沛的生命触角。《吕氏春秋》云："天生人而使有贪有欲。欲有情，情有节。圣人修节以止欲，故不过行其情也。故耳之欲五声，目之欲五色，口之欲五味，情也。"说明"情"生自然，是眼、耳、口对声、色、味的自然欲求，是人的生命活动本真。人，缘情而生；情，触之人髓。

重情尚义是中华民族的传统美德。千百年来，爱情、亲情、乡情是人们歌咏的永恒主题，留下了浩如星河的瑰丽华章。从诗经《周南·关雎》《秦风·蒹葭》里君子对窈窕淑女的执着追求、对伊人的顾盼迷思，到白居易《长恨歌》"在天愿作比翼鸟，在地愿为连理枝。天长地久有时尽，此恨绵绵无绝期"的爱情呐喊；从苏轼《水调歌头》"但愿人长久，千里共婵娟"的手足之情，到《江城子》"十年生死两茫茫，不思量，自难忘"的夫妻情分；从李商隐《锦瑟》"此情可待成追忆，只是当时已惘然"的忧伤感喟，到李白《静夜思》"举头望明月，低头思故乡"、马致远《天净沙·秋思》"夕阳西下，断肠人在天涯"的凄清孤旅，浩叹月色如霜，秋风似剑，无处不思乡。这些诗词运用丰富的联想及想象，把视觉形象、心理行为、朦胧意境和缱绻情思融为一体，用精练的语言将叙事、写景和抒情有机结合，充分体现了情为人思、以情动人、以情感人的强大而丰富的艺术感染力。

关雎⁽¹⁾

《诗经·周南》

关关雎鸠⁽²⁾，在河之洲⁽³⁾。窈窕淑女⁽⁴⁾，君子好逑⁽⁵⁾。
参差荇菜⁽⁶⁾，左右流之⁽⁷⁾。窈窕淑女，寤寐求之⁽⁸⁾。
求之不得，寤寐思服⁽⁹⁾。悠哉悠哉⁽¹⁰⁾，辗转反侧⁽¹¹⁾。
参差荇菜，左右采之。窈窕淑女，琴瑟友之⁽¹²⁾。
参差荇菜，左右芼之⁽¹³⁾。窈窕淑女，钟鼓乐之⁽¹⁴⁾。

[注释]

（1）《关雎》是《诗经·国风》的第一篇，也是全书的首篇。
（2）关关：象声词，雌雄二鸟相互应和的叫声。雎鸠（jū jiū）：一种吃鱼的水鸟名，即鱼鹰。
（3）洲：水中的陆地。
（4）窈窕（yǎo tiǎo）淑女：指体态优美、心灵深邃、贤良美好的女子。窈窕，身材体态美好的样子。窈，深邃；窕，幽美。淑，好，善良。
（5）好逑（hǎo qiú）：好的配偶。逑，雠的借字。双鸟并立。匹配之意。
（6）参差：长短不齐。荇（xìng）菜：又名莕菜，多年生浮水草本植物。圆叶细茎，根生水底，叶浮水面，可供食用。
（7）左右流之：时而向左、时而向右地择取荇菜。这里是以勉力求取荇菜，隐喻"君子"努力追求"淑女"。流，义同"求"，这里指摘取。之：指荇菜。
（8）寤寐（wù mèi）：指醒和睡。寤，醒觉。寐，入睡。
（9）思服：思，思念。服，想。
（10）悠哉悠哉：意为"悠悠"，就是长。这句是说思念绵绵不断。悠，感思。

哉，语气助词。悠哉悠哉，犹言"想念呀，想念呀"。

（11）辗转反侧：翻覆不能入眠。辗，古字作"展"。展转，即反侧。反侧，翻覆。

（12）琴瑟友之：弹琴鼓瑟来亲近她。琴、瑟，皆弦乐器。琴五或七弦，瑟二十五或五十弦。友：用作动词，用琴瑟来亲近"淑女"。

（13）芼（mào）：择取，挑选。

（14）钟鼓乐之：用钟鼓奏乐使她快乐，乐（lè），使动用法。

[赏析]

《诗经》是中国古代诗歌开端，是中国文学史上第一部诗歌总集，也是儒家"六艺"之一。它收集了西周初年至春秋中叶（前十一世纪至前六世纪）约五百年间的诗歌三百零五篇（《小雅》中另有六篇"笙诗"，有目无辞，不计在内），最初称《诗》，汉代儒者奉为经典，乃称《诗经》。《诗经》的作者佚名，绝大部分已无法考证，传为尹吉甫采集、孔子编订。

《诗经》内容丰富，分为《风》《雅》《颂》三大类。《风》有十五国风，是出自各地的民歌，其中有对爱情、劳动等美好事物的吟唱，也有怀故土、思征人及反压迫、反欺凌的怨叹与愤怒。《雅》分《大雅》《小雅》，多为贵族祭祀之诗歌，含祈丰年、颂祖德等。《小雅》中也有部分民歌。《颂》则为宗庙祭祀时唱诵的诗歌。《诗经》反映了劳动与爱情、战争与徭役、压迫与反抗、风俗与婚姻、祭祖与宴会，甚至天象、地貌、动物、植物等方方面面，是周代社会生活的一面镜子。

《诗经》表现手法多样，有赋、比、兴三种。赋就是铺陈直叙，是人把思想感情及其有关的事物平铺直叙地表达出来。比即类比，对人或物加以形象的比喻，使其特点更鲜明。兴就是以其他事物为发端，引起所要歌咏的内容。

《关雎》不仅是《诗经·国风》的第一篇，也是《诗经》的首篇，在文学史上占有重要地位，享有"取冠三百，真绝唱也"的美誉。虽然历代学者对其主旨的探究各抒己见，"咏德诗""爱情诗""贺婚诗"之说莫衷一是，但通常认为它是一首描写贵族青年男女爱情的恋歌。爱情，是人类最美好的情感，是诗歌永恒的主题，《关雎》超越了个体生命的婚恋体验，展现了具有理想意义婚恋的中正和谐之美。今天，我们重温《诗经》，感受《关雎》的文化内蕴，读懂它作为《诗经》的篇首之义，在构建新时代和谐社会的当下，具有独特的价值。

诗歌表现了君子和其恋爱对象的匹配契合。全诗以"关关雎鸠，在河之洲。窈窕淑女，君子好逑"起兴：琴瑟和鸣的雎鸠啊，栖息河中的沙洲，端庄贤德的女子啊，正是君子的好配偶。"君子"是古代贵族男子的通称，同时还指有道德的男子。"窈窕淑女"，"美心为窈，美状为窕"，"窈窕淑女"是兼有袅娜之美和德行之善的女子。"君子"与"淑女"都追求内外兼修，注重美好德行的修为，这样志同道合的"君子"和"淑女"才是理想婚姻的匹配对象。"雎鸠"在古代被称为"贞鸟"，诗中借"雎鸠"起兴，喻指"君子"与"淑女"是世间情感执着专一、和谐相处的佳偶良配。

诗歌中君子的追求方式和过程体现了孔子所说"乐而不淫，哀而不伤"的中正之美。在清澈寂静的沙洲旁，君子遇见了像荇菜一样柔顺芳洁的美丽姑娘，内心充满喜悦，但并不浮浪过分，正所谓"乐而不淫"。在从思慕到牵手的过程中，君子经历了"求之不得"的焦虑和忧思，也经历了求而得之的喜悦。以"荇菜"流动难摘来比喻淑女的难求，以"流之""采之""芼之"喻指君子对爱情的执着和真挚，不轻言放弃。在"求之不得"时，君子思念不绝，辗转反侧，夜不成眠，但他思虑不偏激，不过分伤心憔悴，行事不冲动，没有达到目的虽不罢休但也绝不强求，正所谓"哀而不伤"。从"琴瑟友之"到"钟鼓乐之"，君子冷静地调整了追求方式，摈弃了单纯的"寤寐思服"，而用代表美德与平和的"琴瑟"礼乐形式来打动心上人，他们在琴瑟之声中心有灵犀，情投意合，最终在祥和的钟鼓之声中得到宾客祝福，终成眷属。

　　君子在婚恋中真实而深厚的情感追求，在他身上表现得温文尔雅，谦谦有礼。君子的求爱方式和过程，被一种懂节制、有理性、合礼乐的思维意识恰当、冷静地控制着，稳重平缓，含蓄内敛，展现了君子风范，体现了儒家倡导的中正之美，进而表现出个体自身以及人与人之间的和谐之美。一个社会的和谐运行，首要源于个体内在心灵达到和谐，才能与他人相处和谐。而个体自身的和谐，取决于个体自身的修养，这便是儒家对君子"修身"的重视。《关雎》倡导了一种理想意义婚恋观的和谐之美，在婚恋过程中，只有真心做到尊重体贴，摒弃索取占有，做到付出和牺牲，心灵才能真正的"和谐"。这种和谐突出的是人与人、人与社会的和谐；这种美，是君子道德修养的崇高美，是个体理想婚恋历练升华后的社会美，也是孔子将《关雎》列为《诗三百》首篇的题中应有之义。

　　当下我们所处现代快餐型社会，快节奏、碎片、浮躁、焦虑成了普遍现象，婚恋中患得患失、遇事偏激、行事极端的现象时有发生。当闪婚成为时尚，当忠贞不被坚守，《关雎》所昭示的志同道合的传统婚恋观，所体现的含蓄平和、真挚专一的修养德行，不仅不是现代单身的"绊脚石"，而且可以成为理想婚恋的"基石"，甚至还是个体身心健康、社会和谐运行的"压舱石"，这应该是《关雎》诗给予我们现代爱情观和人生观的启迪吧。

[思考与练习]

　　1. 诵读《关雎》，并依据其主旨内涵创作一首白话诗。
　　2. "水鸟儿放声歌唱，天天在那沙洲上。/ 好姑娘温柔漂亮，时时在我心坎上。/ 荇菜儿荇菜儿短短长长，左一把右一把采个满筐。/ 好姑娘好姑娘温柔漂亮，害得我害得我朝思暮想。/ 男孩思念女孩之歌。/ 想着你没有商量，追不上心里发慌。/ 我的夜那样漫长，睁着眼直到天亮。/ 荇菜儿荇菜儿短短长长，左一把右一把采个满筐。/ 好姑娘好姑娘温柔漂亮，弹起琴敲起鼓听我歌唱。"这是作家易中天对《关雎》的现代解读，试将你创作的白话诗与其比较，看看哪个接近《关雎》原意。
　　3. 为什么说"窈窕淑女"是"君子好逑"的对象？请结合诗词谈谈你的理解。

拓展阅读

　　爱情是人类最朴实也最绚烂的感情，中国经典诗词中描写爱情的诗歌不在少数，各有千秋。有的诗歌抒写超越贫富贵贱的至深至真的爱情。有的诗歌意境深远、耐人寻味地表达主人公对心上人忠贞专一的恋恋深情。有的诗歌真挚含蓄、情景交融地表达一段执着的恋情。

出其东门

《诗经·郑风》

出其东门,有女如云。虽则如云,匪我思存。缟衣綦巾,聊乐我员。
出其闉闍,有女如荼。虽则如荼,匪我思且。缟衣茹藘,聊可与娱。

离思(其四)

[唐]元稹

曾经沧海难为水,除却巫山不是云,
取次花丛懒回顾,半缘修道半缘君。

临江仙

[宋]晏几道

梦后楼台高锁,酒醒帘幕低垂。去年春恨却来时。落花人独立,微雨燕双飞。

记得小蘋初见,两重心字罗衣。琵琶弦上说相思。当时明月在,曾照彩云归。

蒹葭

《诗经·秦风》

蒹葭苍苍(1),白露为霜(2)。所谓伊人(3),在水一方(4)。
溯洄从之(5),道阻且长(6)。溯游从之(7),宛在水中央。
蒹葭萋萋(8),白露未晞(9)。所谓伊人,在水之湄(10)。
溯洄从之,道阻且跻(11)。溯游从之,宛在水中坻(12)。
蒹葭采采(13),白露未已(14)。所谓伊人,在水之涘(15)。
溯洄从之,道阻且右(16)。溯游从之,宛在水中沚(17)。

蒹葭

【注释】

（1）蒹葭（jiān jiā）：蒹，荻。葭，芦苇。苍苍：茂盛的样子。下文"萋萋""采采"义同。
（2）为：凝结成。
（3）所谓：所说，这里指所怀念的。伊人：那个人。
（4）在水一方：在河的另一边。
（5）溯洄（sù huí）从之：意思是沿着河道向上游去寻找她。溯洄：逆流而上。从：追，追求。
（6）阻：险阻，难走。
（7）溯游：顺流而下。游，通"流"，指直流的水道。
（8）萋萋：茂盛的样子，文中指芦苇长得茂盛。也有版本为"凄凄"。
（9）晞（xī）：晒干。
（10）湄（méi）：水和草交接之处，指岸边。
（11）跻（jī）：升高，这里形容道路又陡又高。
（12）坻（chí）：水中的小洲或高地。
（13）采采：茂盛的样子。
（14）已：止，这里的意思是"干"，变干。
（15）涘（sì）：水边。
（16）右：迂回曲折。
（17）沚（zhǐ）：水中的小块陆地。

【赏析】

《诗经·国风》收录了周南、召南、卫、郑、齐、魏、唐、秦、陈、曹等十五个不同地区的乐歌。《蒹葭》是《诗经·国风·秦风》中的一首，是与《关雎》一样为

第二章　千古情思

人们耳熟能详的《诗经》名篇。对于它的解读，由于创作年代的久远，历来学者们争议颇多，有刺襄公说、求贤招隐说、怀人说、爱情说、哲理说等，众说纷纭，莫衷一是。我们不必囿于一说，只要循着作品的情景描述、形象刻画和情节推进，在鉴赏中体会到作品的美学价值。

《蒹葭》一诗，人们普遍乐于接受它是一首富有感染力的爱情诗。从"白露为霜"到"白露未晞"到"白露未已"，时间的流转保证了这个爱情故事的延续性和完整性。诗中描写了作者在爱情追求中的对象、过程、方式和结果，虽然结果是"伊人""宛在水中央"，但孜孜以求、真诚艰辛的追求过程已足以动人，这即是"在水一方"式的爱情情感体验。

天尚未亮，主人公站在秋色苍茫的河边，看到随风摇曳的茂盛的芦苇，和芦苇叶子上夜露凝结成的白霜，想到他所恋着的那个心上人，就好像在河水的另一边。于是他逆流而上，沿着弯弯曲曲的河道探路寻找，哪知道路险阻而又漫长；他想顺流而下去寻觅，心上人却总是像在河水中间，求之不得。

天已破晓，凝结的白霜随着温度的升高融化成一颗颗晶莹剔透的露珠，而他所恋的那个心上人啊，仿佛就在河水的对岸与他隔河相望。逆着河流去找她，道路险阻崎岖难以攀登；顺着河流去寻觅，她又像站在水中的小沙洲，隔着河流无法牵手。

日出东方，白色的露珠慢慢蒸发，似干未干，而他所恋着的心上人啊，就好像近在水边。他逆着弯曲的河道去寻找，道路艰险又迂回曲折；顺着河流去寻觅，她又飘忽停留在水中的小岛，和他依然保持着距离。

《蒹葭》全诗三章，每章八句，运用《诗经》传统的赋、比、兴手法，描绘了一幅扑朔迷离的秋水伊人图画。在"蒹葭苍苍""蒹葭萋萋""蒹葭采采"的烟气氤氲之中，兴起了主人公对蒹葭般窈窕柔美身姿和超然脱俗气质的"在水一方""伊人"的思慕。"道阻且长""道阻且跻""道阻且右"的追寻难度，"溯洄从之""溯游从之"的追寻方式，使追寻的过程艰难而极具挑战性。"宛在水中央""宛在水中坻""宛在水中沚"的可望难即的追寻结果，让追寻的意义富于极大的张力。在朦胧清冷的秋色描写中，在主人公不顾时间流逝和空间阻隔去执着追寻意中人、历经艰险却求而不易得的百转千回的情节推进中，在一唱三叹、层层递进的情绪衍集之中，歌咏了一个有着凄美空灵意象的"在水一方"式追寻爱情的故事，细腻抒写了主人公对美好爱情的向往、追寻和失落的哀婉惆怅的情感。

清代叶燮认为："诗之至处，妙在含蓄无垠，思致微渺，其寄托在可言不可言之间，其旨归在可解不可解之会。"《蒹葭》千百年来流传至今的艺术魅力更在于细腻哀婉的情感抒写时，情景交融的兴象创造出朦胧绵延、空灵迷离的意境，从而带来审美体验的多义性和丰富性。朱熹《诗集传》说："言秋水方盛之时，所谓彼人者，乃在水之一方，上下求之而皆不可得。然不知其何所指也。"诗中最重要的意象——"伊人"所指为何？《蒹葭》出自《国风·秦风》，东周时的秦地大致相当于今天的陕西大部及甘肃东部。其地"迫近戎狄"，民性粗犷质朴、慷慨悲壮。朱熹《诗集传》说："秦人之俗，大抵尚气概，先勇力，忘生轻死，故其见于诗如此。"那么崇武尚勇的秦地诗作《蒹葭》深层所言为何？

《蒹葭》采用《诗经》典型的重章复沓的结构形式，一方面在形式上带来了诗歌的节奏感和韵律美，另一方面在内容上用三分之二的篇幅和笔力反复渲染、重点强调了主人公对"伊人"的执着追求。如上所述，用白露细微变化的不同形态，暗写追寻时间的流逝不居；用追寻路途的艰险，刻画追寻伊人过程的艰辛曲折；用追寻方式的不断变换，抒写主人公追寻的良苦用心。所有这些都一再强化了主人公追寻伊人用情至深的真诚态度和执着程度。正是因为"伊人"的空灵象征，给了广大读者无限想象的空间，使其可以结合自身的审美体验把"她"想象成各类美的化身，这样，"伊人"意象就具有了超脱出在水一方的佳人这一具体内涵的丰富意蕴：或是男子思念的美好女子，或指国君渴求的贤人高士，或喻崇高远大的理想、事业、目标，乃至世间其他一切美好的事物。主人公对"伊人"的执着追求的艰难过程和求而不易得的怅惘结果，涵盖着人世间爱人难觅、贤才难得、目标理想和现实无法轻易达成一致、一切美好事物难以轻易寻觅的悲戚，进而沉淀为一种悲怆的"在水一方"式矢志追寻的民族心理模式。虽然追寻路上有着像"水""道"那样山川河流的有形阻隔或身份、地位、时机等客观条件的无形阻碍，使追寻者们对于目标理想及美好事物的追求，最终以难以轻易获得和实现而告终，但其中蕴藉的不辍努力、愈挫愈勇、知其不可轻易为而为之的悲壮精神却深深震撼着读者。那么，《蒹葭》产生于民性坚强彪悍、秉正执拗、敢作敢为的秦地也就再自然不过了。

《蒹葭》这种悲怆的"在水一方"式矢志追寻的民族心理模式，自《诗经》发轫以来就代际相承，慢慢内化为中华民族的价值观、思维习惯和行为方式，形成了中华民族的性格底色，与儒家倡导的刚毅向上、奋发有为的主流价值取向相吻合。孔子"道之不行已知之矣"，曾子"士不可以不弘毅，任重而道远"，屈原"亦余心之所善兮，虽九死其犹未悔""路漫漫其修远兮，吾将上下而求索"，曹操"老骥伏枥，志在千里；烈士暮年，壮心不已"，王勃"穷且益坚，不坠青云之志"，刘禹锡"千淘万漉虽辛苦，吹尽狂沙始到金"，辛弃疾"凭谁问：廉颇老矣，尚能饭否"，文天祥"人生自古谁无死，留取丹心照汗青"，林则徐"苟利国家生死以，岂因祸福避趋之"，秋瑾"拼将十万头颅血，须把乾坤力挽回"，鲁迅"即使艰难，也还要做；愈艰难，就愈要做"，孙中山"革命尚未成功，同志仍需努力"，周恩来"面壁十年图破壁，难酬蹈海亦英雄"等，都是这种矢志追寻的悲壮精神的体现，也是我们这个民族充满旺盛生命力的标志。

今天，不管是我们的人生追寻之路，还是实现中华民族伟大复兴中国梦的强国富民之路，都注定不会平坦顺遂，必定充满荆棘坎坷，犹如"蒹葭之叹"，求而不易得，但我们只要坚守本心，咬定目标，秉守"蒹葭之思"，不抛弃不放弃，历经艰辛，砥砺前行，最终必将抵达水之彼岸。

[思考与练习]

1. 请诵读《蒹葭》，依据翻译并结合想象创作一首白话诗。
2. "所谓伊人，在水一方"中的"伊人"是指什么？查阅资料并说说你的理解。
3. "溯洄从之，道阻且长。溯游从之，宛在水中央""溯洄从之，道阻且跻。溯游从之，宛在水中坻""溯洄从之，道阻且右。溯游从之，宛在水中沚"是诗中主人公脑海中的臆想还是追求的实际行为？请谈谈你的看法。

拓展阅读

《汉广》用写实的手法，抒发浩渺江水边的青年樵夫追求美丽姑娘而不得的惆怅愁绪。《凤求凰》表达司马相如对卓文君的无限倾慕和热烈追求。《无题》以女性的口吻抒写爱情心理，在悲伤、痛苦之中，寓有灼热的渴望和坚忍的执着追求。

汉广

《诗经·周南》

南有乔木，不可休思。汉有游女，不可求思。汉之广矣，不可泳思。江之永矣，不可方思。

翘翘错薪，言刈其楚。之子于归，言秣其马。汉之广矣，不可泳思。江之永矣，不可方思。

翘翘错薪，言刈其蒌。之子于归，言秣其驹。汉之广矣，不可泳思。江之永矣，不可方思。

凤求凰

［汉］司马相如

有一美人兮，见之不忘。
一日不见兮，思之如狂。
凤飞翱翔兮，四海求凰。
无奈佳人兮，不在东墙。
将琴代语兮，聊写衷肠。
何日见许兮，慰我彷徨。
愿言配德兮，携手相将。
不得于飞兮，使我沦亡。

无题

［唐］李商隐

相见时难别亦难，东风无力百花残。
春蚕到死丝方尽，蜡炬成灰泪始干。
晓镜但愁云鬓改，夜吟应觉月光寒。
蓬山此去无多路，青鸟殷勤为探看。

静夜思

静夜思⁽¹⁾

［唐］李白

床前明月光⁽²⁾，疑是地上霜⁽³⁾。
举头望明月⁽⁴⁾，低头思故乡。

【注释】

（1）静夜思：静静的夜里产生的思绪。
（2）床：今传五种说法。一指井台。二指井栏。三说"床"即"窗"的通假字。四取本义，即床或坐卧的器具。第五种说法，马未都等人认为，床应解释为胡床。胡床，亦称"交床""交椅""绳床"，是古时一种可以折叠的轻便坐具，功能类似小板凳。
（3）疑：好像。
（4）举头：抬头。

【赏析】

　　李白的《静夜思》是中国思乡诗的代表，被誉为一首"无比精粹而不失伟大的东方乡情曲"。这首妇孺皆知的小诗，既没有华丽的辞藻、奇特新颖的想象，也没有严格的诗律和完美的炼字，只是用平白如话的语气，写远客思乡之情，然而它情真意挚，耐人寻味，千百年来如此广泛地吸引着读者，引发人们的共鸣。

李白，字太白，号青莲居士，是唐代伟大的浪漫主义诗人，被后人誉为"诗仙"。李白主要生活在盛唐时期，正是大量知识分子渴望建功立业、经世济民的时期，整个社会充溢着昂扬奋发、积极向上的情怀。雄才豪放的李白同样以饱满的青春热情，渴望着施展抱负，"抚剑夜吟啸，雄心日千里"，于是从25岁青年时代"仗剑去国，辞亲远游"后，再也没有回到故乡。

　　《静夜思》的写作时间是唐玄宗开元十四年（726）旧历九月十五日左右，李白时年26岁，辞别金陵友人到了扬州，却在这年秋季突然病倒。诗人在扬州旅舍，一个月明星稀的孤寂之夜，抬望天空一轮皓月，思乡之情油然而生，写下了这首传诵千古的诗篇。

　　"床前明月光，疑是地上霜。"俗话说"在家千日好，出门时时难"。诗人的思乡之情是在月夜的背景下展开的。对一个漂泊异乡的人来说，夜晚的寂静更易触动游子的孤独凄凉，而明月之下又最易引人遐想。李白诗作中吟咏明月的章句俯拾皆是。"月出峨眉照沧海，与人万里长相随"（《峨眉山月歌送蜀僧晏入中京》），"欲上青天揽明月"（《宣州谢朓楼饯别校书叔云》），"人生得意须尽欢，莫使金樽空对月"（《将进酒》），"举杯邀明月，对影成三人"（《月下独酌》），"我寄愁心与明月"（《闻王昌龄左迁龙标遥有此寄》），诗人或抒豪兴，或寄愁心，视明月为知己，把他的希望、理想、追求、痛苦和欢乐都融于明月之中。床前洒下的清辉月光，勾起了诗人心中的万般思绪；突发病体的不适，旅居漂泊的孤寂，报国无门的忧虑，未来前途的渺茫，生命意义的疑惑，又使诗人感觉月色惨白凄冷，如霜华凝结于地。

　　"举头望明月，低头思故乡。"中国古典诗词素有望月思乡的传统。望着浩空中的明月，诗人欲将难遣情思借月宽解，此空之月应该也是峨眉故乡之月吧，愈望秋月，思乡之情愈甚。由"望"而"思"，沉吟长叹一声，低下头来，想念起故乡，那里有儿时的嬉戏和少年的豪情，有父老亲朋的音容笑貌和殷切期盼，还有房前屋后的一山一水、一草一木……在月色的清辉中，在俯仰之间、沉思之际，李白感受到孤寂的生命得以安抚，躁动的激情获得慰藉，人生的旅途找到方向。这月，既是家园故乡，更是精神关怀和前行力量之所在。

　　这首明白如话的诗，不仅真切地反映了李白的思乡浓情，更表现了他的精神追寻历程；不仅饱含了天下游子的羁旅漂泊之苦，更将万千寻梦者对心灵港湾和精神家园的渴望表达得亲切直白而意味深长。远离故乡的追梦人，在城市的某个地方，无数个仰望星空的夜晚，明月照在家的方向，抖落他的一身风霜，温暖着他的心房，给他最深沉的力量，把他的梦照亮；热血执着的追梦人，他有过孤独有过迷茫却从未放弃理想，所有这些心灵回响，都能在李白的《静夜思》里引发共鸣，得到回应，这首诗也便具有了超越时代的永恒的生命力。

[思考与练习]

　　1.请用视频剪辑软件，自主选择背景图像（视频）和音乐，吟诵《静夜思》。
　　2.注释（2）说本诗中的"床"有五种说法。对照诗意，你觉得哪种说法最合适？

为什么？

3. 请简要分析"疑是地上霜"中的"霜"的妙处。

拓展阅读

  游子思乡是中华经典诗词的重要主题之一，以此创作的诗歌不胜枚举。《望月怀远》是诗人张九龄离开故乡、思念亲人而作，其中既有宏大景象，也有细腻情思，在悠悠不尽中令人回味无穷。《商山早行》意象具足，情景交融，含蓄有致，流露出游子羁旅的孤寂之情和浓浓的思乡之情。《长相思》中由天涯羁旅引发的"山一程，水一程"身泊异乡、梦回家园的意境，信手拈来不显雕琢的语言，与李白的《静夜思》有着异曲同工之妙。

望月怀远

［唐］张九龄

海上生明月，天涯共此时。
情人怨遥夜，竟夕起相思。
灭烛怜光满，披衣觉露滋。
不堪盈手赠，还寝梦佳期。

商山早行

［唐］温庭筠

晨起动征铎，客行悲故乡。
鸡声茅店月，人迹板桥霜。
槲叶落山路，枳花明驿墙。
因思杜陵梦，凫雁满回塘。

长相思

［清］纳兰性德

山一程，水一程，身向榆关那畔行，夜深千帐灯。
风一更，雪一更，聒碎乡心梦不成，故园无此声。

长恨歌

[唐]白居易

长恨歌

汉皇重色思倾国(1),御宇多年求不得(2)。
杨家有女初长成,养在深闺人未识。
天生丽质难自弃(3),一朝选在君王侧。
回眸一笑百媚生,六宫粉黛无颜色(4)。
春寒赐浴华清池(5),温泉水滑洗凝脂(6)。
侍儿扶起娇无力(7),始是新承恩泽时(8)。
云鬓花颜金步摇(9),芙蓉帐暖度春宵(10)。
春宵苦短日高起,从此君王不早朝。
承欢侍宴无闲暇,春从春游夜专夜。
后宫佳丽三千人(11),三千宠爱在一身。
金屋妆成娇侍夜(12),玉楼宴罢醉和春。
姊妹弟兄皆列土(13),可怜光彩生门户(14)。
遂令天下父母心,不重生男重生女。
骊宫高处入青云(15),仙乐风飘处处闻。
缓歌慢舞凝丝竹(16),尽日君王看不足。
渔阳鼙鼓动地来(17),惊破《霓裳羽衣曲》(18)。
九重城阙烟尘生(19),千乘万骑西南行(20)。
翠华摇摇行复止(21),西出都门百余里(22)。
六军不发无奈何(23),宛转蛾眉马前死(24)。
花钿委地无人收(25),翠翘金雀玉搔头(26)。
君王掩面救不得,回看血泪相和流。
黄埃散漫风萧索,云栈萦纡登剑阁(27)。
峨嵋山下少人行(28),旌旗无光日色薄。
蜀江水碧蜀山青,圣主朝朝暮暮情。
行宫见月伤心色(29),夜雨闻铃肠断声。
天旋日转回龙驭(30),到此踌躇不能去。
马嵬坡下泥土中,不见玉颜空死处。
君臣相顾尽沾衣,东望都门信马归(31)。
归来池苑皆依旧,太液芙蓉未央(32)柳。
芙蓉如面柳如眉,对此如何不泪垂?
春风桃李花开日,秋雨梧桐叶落时。
西宫南苑多秋草(33),宫叶满阶红不扫。

梨园弟子白发新(34)，椒房阿监青娥老(35)。
夕殿萤飞思悄然，孤灯挑尽未成眠(36)。
迟迟钟鼓初长夜(37)，耿耿星河欲曙天(38)。
鸳鸯瓦冷霜华重(39)，翡翠衾寒谁与共(40)？
悠悠生死别经年，魂魄不曾来入梦。
临邛道士鸿都客(41)，能以精诚致魂魄(42)。
为感君王展转思，遂教方士殷勤觅(43)。
排空驭气奔如电(44)，升天入地求之遍。
上穷碧落下黄泉(45)，两处茫茫皆不见。
忽闻海上有仙山(46)，山在虚无缥缈间。
楼阁玲珑五云起(47)，其中绰约多仙子(48)。
中有一人字太真(49)，雪肤花貌参差是(50)。
金阙西厢叩玉扃(51)，转教小玉报双成(52)。
闻道汉家天子使，九华帐里梦魂惊(53)。
揽衣推枕起徘徊，珠箔银屏迤逦开(54)。
云鬓半偏新睡觉(55)，花冠不整下堂来。
风吹仙袂飘飖举(56)，犹似《霓裳羽衣》舞。
玉容寂寞泪阑干(57)，梨花一枝春带雨。
含情凝睇谢君王(58)，一别音容两渺茫。
昭阳殿里恩爱绝(59)，蓬莱宫中日月长。
回头下望人寰处(60)，不见长安见尘雾。
惟将旧物表深情(61)，钿合金钗寄将去(62)。
钗留一股合一扇，钗擘黄金合分钿(63)。
但令心似金钿坚，天上人间会相见。
临别殷勤重寄词(64)，词中有誓两心知(65)。
七月七日长生殿(66)，夜半无人私语时。
在天愿作比翼鸟(67)，在地愿为连理枝(68)。
天长地久有时尽，此恨绵绵无绝期(69)。

[注释]

（1）汉皇：原指汉武帝刘彻，此处借指唐玄宗李隆基。唐人文学创作常以汉称唐。重色：爱好女色。倾国：绝色女子。汉代李延年对汉武帝唱了一首歌："北方有佳人，绝世而独立。一顾倾人城，再顾倾人国。宁不知倾国与倾城，佳人难再得。"后来，"倾国倾城"就成为美女的代称。

（2）御宇：驾御宇内，即统治天下。

（3）丽质：美丽的姿质。

（4）六宫粉黛：指宫中所有嫔妃。粉黛本为女性化妆用品，粉以抹脸，黛以描眉。此代指六宫中的女性。无颜色：意谓相形之下，都失去了美好的姿容。

（5）华清池：即华清池温泉，在今西安市临潼区东南的骊山上。唐贞观十八年（644）建汤泉宫，咸亨二年（671）改名温泉宫，天宝六载（747）扩建后改名华清宫。唐玄宗每年冬、春季都到此居住。

（6）凝脂：形容皮肤白嫩滋润，犹如凝固的脂肪。《诗经·卫风·硕人》语"肤如凝脂"。

（7）侍儿：宫女。

（8）新承恩泽：刚得到皇帝的宠幸。

（9）云鬓：《木兰诗》："当窗理云鬓，对镜帖花黄"。形容女子鬓发盛美如云。金步摇：一种金首饰，用金银丝盘成花之形状，上面缀着垂珠之类，插于发鬓，走路时摇曳生姿。

（10）芙蓉帐：绣着莲花的帐子。形容帐之精美。春宵：新婚之夜。

（11）佳丽三千：《后汉书·皇后纪》载："自武元之后，世增淫费，乃至掖庭三千，增级十四。"言后宫女子之多。

（12）金屋：黄金造的房子。《汉武故事》记载，武帝幼时，他姑妈将他抱在膝上，问他要不要她的女儿阿娇作妻子。他笑着回答说："若得阿娇，当以金屋藏之。"

（13）列土：分封土地。

（14）可怜：可爱，值得羡慕。

（15）骊宫：骊山华清宫。骊山在今陕西临潼。

（16）凝丝竹：指弦乐器和管乐器伴奏出舒缓的旋律。

（17）渔阳鼙鼓：渔阳指渔阳郡，辖今北京市平谷县和天津市的蓟县等地，当时属于平卢、范阳、河东三镇节度使安禄山的辖区。天宝十四载（755）冬，安禄山在范阳起兵叛乱。鼙鼓：古代骑兵用的小鼓，此借指战争。

（18）霓裳（ní cháng）羽衣曲：舞曲名，据说为唐开元年间西凉节度使杨敬述所献，经唐玄宗润色并制作歌词，改用此名。乐曲着意表现虚无缥缈的仙境和仙女形象。

（19）九重城阙：九重门的京城。阙：意为古代宫殿门前两边的楼，泛指宫殿或帝王的住所。《楚辞·九辩》："君之门以九重。"此处指京城长安。烟尘生：指发生战事。

（20）骑：一人一马为一骑。

（21）翠华：皇帝仪仗队用的翠鸟羽毛装饰的旗帜，指皇帝的车驾。司马相如《上林赋》："建翠华之旗，树灵鼍（tuó）之鼓。"鼍：扬子鳄。

（22）百余里：指到了距长安一百多里的马嵬（wéi）坡。

（23）六军：古代天子六军，这里指护卫皇帝的羽林军。

（24）宛转：形容美人临死前哀怨缠绵的样子。蛾眉：古代美女的代称，此指杨贵妃。

（25）花钿：用金翠珠宝等制成的花朵形首饰。委地：丢弃在地上。

（26）翠翘：首饰，形如翡翠鸟尾。金雀：金雀钗，钗形似凤（古称朱雀）。玉搔头：玉簪。《西京杂记》卷二记载："武帝过李夫人，就取玉簪搔头。"自此后宫人搔头皆用玉。

（27）云栈：高入云霄的栈道。萦纡（yíng yū）：萦回盘绕。剑阁：又称剑门关，在今四川剑阁县北，是由秦入蜀的要道。此地群山如剑，峭壁中断处，两山对峙如门。诸葛亮相蜀时，凿石架凌空栈道以通行。

（28）峨嵋山：在今四川峨眉山市。玄宗奔蜀途中，并未经过峨嵋山，这里泛指蜀中高山。

（29）行宫：皇帝离京出行在外的临时住所。

（30）天旋日转：指时局好转。肃宗至德二年（757），郭子仪收复长安。回龙驭：皇帝的车驾归来。

（31）信马归：意思是无心鞭马，任马前行。

（32）太液：汉宫中有太液池。未央：汉有未央宫。这里借"太液""未央"泛指唐长安皇宫。

（33）西宫南苑：西宫即太极宫，南苑为兴庆宫。苑，一作"内"。玄宗返京后，初居南苑兴庆宫。上元元年（760），权宦李辅国假借肃宗名义，胁迫玄宗迁往太极宫，并流贬玄宗亲信高力士、陈玄礼等人。

（34）梨园弟子：指玄宗当年训练的乐工舞女。梨园，据《新唐书·礼乐志》记载，为唐玄宗时宫中教习音乐的机构，曾选"坐部伎"三百人教练歌舞，随时应诏表演，号称"皇帝梨园弟子"。

（35）椒房：后妃居住之所，因以花椒和泥抹墙，取其香暖兼有多子之意，故称。阿监青娥：阿监，宫中的侍从女官。青娥，年轻的宫女。

（36）孤灯挑尽：古时用油灯照明，为使灯火明亮，过一会儿就要把浸在油中的灯草往前挑一点。挑尽，说明夜已深。唐时宫廷夜间燃烛而不点油灯，此处旨在形容玄宗晚年生活环境的凄苦。

（37）迟迟：迟缓，这里形容玄宗长夜难眠时的心情。

（38）耿耿：微明的样子。欲曙天：长夜将晓之时。

（39）鸳鸯瓦：屋顶上俯仰相对合在一起的瓦。房瓦一俯一仰相合，称阴阳瓦，亦称鸳鸯瓦。霜华：霜花。

（40）翡翠衾：即翡翠被，布面饰有翡翠鸟的羽毛。谁与共：与谁共。

（41）临邛（qióng）：今四川邛崃（qióng lái）县。鸿都：东汉都城洛阳的宫门名，这里借指长安。意谓这道士是临邛人，来到京城作客。

（42）致魂魄：招来杨贵妃的亡魂。致：招致。

（43）方士：有法术的人。这里指道士。殷勤：尽力。

（44）排空驭气：即腾云驾雾。

（45）穷：穷尽，找遍。碧落：道家称天界为碧落。黄泉：指地下。

（46）海上仙山：传说渤海里有蓬莱、方丈、瀛洲三座神山，上有灵芝仙草和醴泉，可使人长生不老，起死回生。

（47）玲珑五云：玲珑，华美精巧。五云，五彩云霞。

（48）绰约：体态轻盈柔美。《庄子·逍遥游》："藐姑射之山，有神人居焉，肌肤若冰雪，绰约如处子。"

（49）太真：杨玉环被度为道士时的道号。

（50）参差：仿佛，差不多。

（51）金阙：金碧辉煌的神仙宫殿。玉扃（jiōng）：玉石做的门环。

（52）小玉：吴王夫差女。双成：传说中西王母的侍女。这里皆借指杨贵妃在仙山的侍女。

（53）九华帐：绣饰华美的帐子。九华：重重花饰的图案，言帐之精美。

（54）珠箔：珠帘。银屏：饰银的屏风。迤逦：接连不断地。

（55）新睡觉（jué）：刚睡醒。觉，醒。

（56）袂（mèi）：衣袖。

（57）玉容寂寞：此指神色黯淡凄楚。阑干：通栏干，纵横交错的样子。这里形容泪痕满面。

（58）凝睇（dì）：凝视。

（59）昭阳殿：汉成帝宠妃赵飞燕的寝宫。此借指杨贵妃生前住过的寝宫。蓬莱宫：传说中的海上仙山。这里指贵妃在仙山的居所。

（60）人寰（huán）：人间。

（61）旧物：指杨贵妃生前与玄宗定情的信物。

（62）寄将去：托道士带回。

（63）钗留一股合一扇，钗擘黄金合分钿：把金钗、钿盒分成两半，自留一半。擘：用手分开。合分钿：将钿盒上的图案分成两部分。

（64）重寄词：杨贵妃在告别时反复多次托道士捎话。

（65）两心知：只有玄宗、贵妃二人心里明白。

（66）长生殿：在骊山华清宫内，天宝元年（742）造。而此处所谓长生殿者，亦非华清宫之长生殿，而是长安皇宫寝殿之习称。"七月"以下六句为作者虚拟之词。

（67）比翼鸟：传说中的鸟名，据说只有一目一翼，雌雄并在一起才能飞。

（68）连理枝：两棵树枝干连生在一起。古人常用"比翼鸟""连理枝"比喻情侣相爱、永不分离。

（69）恨：遗憾。绵绵：连绵不断。

[赏析]

白居易（772—846），字乐天，自号香山居士，是唐代伟大的现实主义诗人，与元稹、张籍、李绅等共同倡导新乐府运动，主张恢复古代的采诗制度，发扬《诗经》和汉魏乐府讽喻时事的现实主义传统，提倡自创新题，咏写时事，使诗歌起到"补察时政""泄导人情"的作用。

长篇叙事诗《长恨歌》是白居易诗作中脍炙人口的名篇，作于元和元年（806）。当时诗人正在盩厔（zhōu zhì）县（今陕西周至）任县尉，与友人陈鸿、王质夫同游仙游寺，有感于唐玄宗、杨贵妃的故事传说而创作了这首感伤的七言歌行体。这首《长恨歌》以安史之乱中唐玄宗、杨贵妃的爱情悲剧为题材，凭借其清丽流畅的语言辞藻，凄艳悱恻的抒情风格以及跌宕曲折的故事情节，在中国诗歌史上占有重要地位。

自《长恨歌》问世之日起，由于帝妃题材的特殊性和非普适性，人们对其"爱情说""讽喻说""双重主题说"的多义主题之辩就各抒己见，争论不休。主题内蕴的理解是与人物形象的塑造和故事情节的推进密切相关的。从诗作本身来看，《长恨歌》描述了唐玄宗和杨贵妃从相见、欢爱到死别的爱情悲剧。故事情节以安史之乱贵妃马嵬喋血为分界。诗的前半段大多实写。唐玄宗重色、求色，终于得到了"回眸一笑百媚生，六宫粉黛无颜色"的倾国倾城的杨贵妃。杨贵妃进宫后不但自己"三千宠爱在一身"，而且"姊妹弟兄皆列土"，以至于天下父母"不重生男重生女"，唐玄宗则"尽日君王看不足""从此君王不早朝"。一个恃宠而骄，一个沉湎酒色，感觉是人生乐到了极点，然而，极度贪欢怠政的乐，预示着与马嵬喋血的因果联系，反衬出后面无穷无尽的悲憾，奠定了诗作的感伤基调。诗的后半段，诗人完美地将叙事、写景、抒情相结合。"安史之乱"中杨贵妃"宛转蛾眉马前死"后，唐玄宗由蜀地还都，"归来池苑皆依旧，太液芙蓉未央柳""西宫南苑多秋草，宫叶满阶红不扫"的凄冷秋景，抒写唐玄宗失去江山佳人的"物是人非事事休"之凄楚孤寂；"夕殿萤飞思悄然，孤灯挑尽未成眠"又极言玄宗无分昼夜对贵妃缠绵悱恻的相思之情，以及对贵妃曾经带给他的甜蜜往昔的追念与不舍。情感的渲染百转千回，跌宕起伏。

特别是最后，诗人采用浪漫主义手法，让杨贵妃在虚无缥缈的仙境中再现，殷勤迎接汉家的使者，托物寄词，重申前誓，不仅表现了对人间爱人的思念，还有"天上人间会相见"再续前缘的无望期待，更有对二人"在天愿作比翼鸟，在地愿为连理枝"生死不离的爱情愿景最终落空的耿耿于怀，把悲剧故事的情节推向高潮。诗歌的末尾，诗人情不自禁发出了"天长地久有时尽，此恨绵绵无绝期"的千古浩叹，以无可挽回的长恨表达人生的遗憾与无奈。

诗歌所出文集——《白氏长庆集》是白居易的诗文合集，他曾自分其诗为讽喻诗、闲适诗、感伤诗和杂律诗四大类，反映了诗人的文学思想和文学主张。纵观白居易的感伤诗，表达的是诗人因具体的感触而产生的人生感悟。有诗人对时间流逝不居、今昔物是人非的感伤，也有诗人对生命关照的深层次思考，其中蕴含着一个统一的主题，就是对人生变幻、人力不逮的遗憾与无奈，一种无力感和沧桑感的感伤情绪和悲剧意识。

所以，《长恨歌》之"长恨"，一方面是直接写唐玄宗、杨贵妃"在天愿作比翼鸟，在地愿为连理枝"的死生不离、天长地久的爱情理想，终因安史之乱的爆发而"有时尽"了，这种憾恨是如此的绵长无尽；另一方面，对李、杨二人既有批判又更多是同情叹惋的爱情悲剧，白居易重点描述的并非李、杨之间爱情的忠贞和专一，而是通过二人阴阳两隔后悲楚孤寂的处境和绵绵不尽的思念，突出他们对美满甜蜜往昔的追念和不舍，加深了故事的悲剧色彩。

从安史之乱前后乐极而悲的强烈反差和今昔迥异的鲜明对比中，从人世间权力最顶端的帝妃也会因某种偶然因素而不能恒久拥有圆满爱情的悲剧命运中，诗人体察到一种好花不常开、好景不常在的人生命运变幻无常的"长恨"，提炼出一种美好易逝、遗憾长在的情感体验和人生况味，这或许是《长恨歌》更深层次的主题。它所蕴含的无尽的历史沧桑感和具有普遍意义的人生哲理，以及在看似悲慨表面之下对人间最美好爱情的渴望追求、对热爱生活的生命本体的人文关怀，唤起了千百年来读者心中丰富的艺术联想和深厚的情感共鸣，《长恨歌》成为了中国文学史上的不朽诗篇。

《长恨歌》极具艺术美感，亦颇有哲理感悟。通过李、杨的爱情悲剧，启发人们思考爱情与责任的关系：爱情是美好的，但爱情与责任也是相伴相生的。美好的爱情是要勇于承担起对爱人、家庭乃至社会的责任，是要处理好爱情与家庭、爱情与事业、爱情与社会的关系，而不是"一晌贪欢"短平快式的所谓的爱，这也是时至今日《长恨歌》对现代人爱情观的启示意义。

[思考与练习]

1. 请准确诵读《长恨歌》。

2. 《长恨歌》之"长恨"是诗歌的主题，"恨"什么？为什么是"长恨"？根据你对诗歌的理解，谈谈自己的看法。

3. 《长恨歌》的主题历来为读者所争论。观点大抵分三种：其一为爱情主题，认为是颂扬李杨的爱情诗作，并肯定他们对爱情的真挚与执着；其二为政治主题说，认为诗的重点在于讽喻，在于揭露"汉皇重色思倾国"必然带来的"绵绵长恨"，谴责唐明皇荒淫导致安史之乱以垂诫后世君主；其三为双重主题说，认为它是揭露与歌颂统一，讽喻和同情交织，既洒一掬同情泪，又责失政遗恨。你如何看待这些观点？请说明理由。

拓展阅读

人生的变幻无常能给人丰富的心灵体验。诗人敏感的内心能把这种重要的心灵体验上升至哲学层面。《续长恨歌》延续了白居易《长恨歌》的表现手法,同样声名远播,成为宋诗里不可多得的佳作。《相见欢》抒写美好事物易陨落、人生从来遗憾多的凄楚悲伤。《玉楼春》寄寓词人对美好事物的爱恋与对人生无常的悲慨。

续长恨歌七首

[宋]范成大

金杯潋滟晓妆寒,国色天香胜牡丹。
白凤诏书来已暮,六宫铅粉半春阑。
紫薇金屋闭春阳,石竹山花却自芳。
莫道故情无觅处,领巾犹有隔生香。
闻道蓬壶重见时,瘦来全不耐风吹。
无端郤作尘间念,已被仙官圣得知。
别后相思梦亦难,东虚云路海漫漫。
仙凡顿隔银屏影,不似当时取次看。
人似飞花去不归,兰昌宫殿几斜晖。
百年只有云容姊,留得当时旧舞衣。
骊山六十二高楼,突兀华清最上头。
玉羽川长湘浦暗,三郎无事更神游。
帝乡云驭若为留,八景三清好在不?
玉笛不随双鹤去,人间犹得听梁州。

相见欢

[五代]李煜

林花谢了春红,太匆匆。无奈朝来寒雨晚来风。
胭脂泪,相留醉,几时重。自是人生长恨水长东。

玉楼春

[宋] 欧阳修

尊前拟把归期说，欲语春容先惨咽。人生自是有情痴，此恨不关风与月。

离歌且莫翻新阕，一曲能教肠寸结。直须看尽洛城花，始共春风容易别。

锦 瑟⁽¹⁾

[唐] 李商隐

锦瑟无端五十弦⁽²⁾，一弦一柱思华年。
庄生晓梦迷蝴蝶⁽³⁾，望帝春心托杜鹃⁽⁴⁾。
沧海月明珠有泪⁽⁵⁾，蓝田日暖玉生烟⁽⁶⁾。
此情可待成追忆，只是当时已惘然⁽⁷⁾。

锦瑟

【注释】

（1）锦瑟：装饰华美的瑟。瑟：拨弦乐器，通常二十五弦。

（2）无端：何故，怨怪之词。五十弦：瑟本有二十五根弦，但此诗创作于李商隐妻子死后，故五十弦有断弦之意。

（3）"庄生"句：《庄子·齐物论》："庄周梦为蝴蝶，栩栩然蝴蝶也；自喻适志与！不知周也。俄然觉，则蘧蘧然周也。不知周之梦为蝴蝶与？蝴蝶之梦为周与？"李商隐此引庄周梦蝶故事，以言人生如梦，往事如烟之意。

（4）"望帝"句：《华阳国志·蜀志》："杜宇称帝，号曰望帝……其相开明，决玉垒山以除水害。帝遂委以政事，法尧、舜禅授之义，遂禅位于开明，帝升西山隐焉。时适二月，子鹃鸟鸣，故蜀人悲子鹃鸟鸣也。"传

说蜀国的杜宇帝因大臣开明治水有功而让位于他,而自己则隐归山林,死后化为杜鹃,因悋念蜀地人民而日夜悲鸣直至啼出血来。子鹃即杜鹃,又名子规。

(5) 珠有泪:《博物志》:"南海外有鲛人,水居如鱼,不废绩织,其眼能泣珠。"

(6) 蓝田:《元和郡县图志》中关于关内道京兆府蓝田县的记载中,有"蓝田山,一名玉山,一名覆车山,在县东二十八里。"

(7) 只是:就是,正是。

[赏析]

李商隐一生坎坷,难言之痛、至苦之情郁结于心,其诗作大多哀婉缠绵、多情悱恻,让人欲罢不能。《锦瑟》一诗中,诗人接连用典,既以典故本身之意蕴来丰富诗作,又以典故来隐藏情感与题旨,将读者带入朦胧而又精妙的意境之中。

李商隐天资聪颖,文思锐敏,二十出头便考中进士,举鸿科大考遭人嫉妒未中,从此怀才不遇。之后在"牛李党争"中左右为难,屡遭排斥,壮志难酬。中年丧妻,又因写诗抒怀,遭人贬斥。作为李商隐的代表作,约作于作者晚年的《锦瑟》可谓最负盛名。此诗的创作意旨千百年来众说纷纭,各种解读中以"悼亡"和"自伤"说者为多。

诗的首联以哀婉凄清的"锦瑟"起兴。《史记·封禅书》载古瑟五十弦,后一般为二十五弦。但此诗创作于李商隐妻子死后,故五十弦有断弦之意(一说二十五弦的古瑟琴弦断成两半,即为五十弦)。一弦一柱,追忆青春年华。首联总起,引领下文,点明"思华年"的主旨,以下都是追忆美好的青春时光,但又美景不长,令人怅然若失。

"庄生晓梦迷蝴蝶,望帝春心托杜鹃。沧海月明珠有泪,蓝田日暖玉生烟。"诗中间的两联,最能体现李商隐用典精辟、寓意精深的特点。我们以"庄周梦蝶"为例,颔联的上句,引自《庄子·齐物论》的典故。庄子在梦中幻化为栩栩如生的蝴蝶,忘记了自己原来是人,醒来后才发觉自己仍然是庄子。究竟是庄子梦中变为蝴蝶,还是蝴蝶梦中变为庄子,实在难以分辨。此处引用庄周梦蝶的故事,有感慨人生如梦、往事如烟之意。诗中的四个典故,呈现了四种不同的意境。庄生梦蝶,梦的是人生的恍惚和迷惘;望帝春心,托的是苦苦追寻的执着;沧海鲛泪,令人置身于天地之间,感受阔大的寂寥;蓝田日暖,传达了温暖而朦胧的情景。诗人对生命的感触皆融于其中,却只可意会不可言说,真可谓"此中有真意,欲辨已忘言"。这四个典故真是一个比一个美妙,一个比一个令人心碎。锦瑟一曲,也惊醒了诗人的梦境。人生如此美好而又缥缈,氤氲着淡淡的迷惘和愁思。尾联采用反问递进句式加强语气,拢束全篇。无论是悲伤渺茫,还是哀怨自怜,终归离不开"悲愁"二字,无论是仕途的不顺,还是情缘的逝去,都带给诗人强烈的幻灭感。

这首诗诗题为"锦瑟",但并非咏物,不过是按古诗的惯例以篇首二字为题,实是借瑟来隐题的一首无题诗。作者在诗中追忆了自己的青春年华,感伤自己的坎坷遭遇,虽有满腔才华,无奈不被赏识,仕途不顺,种种心绪发而为诗,引得古今读者为之叹息。从中不难体悟到李商隐一生两难的无望乃至绝望的旷世悲情。

[思考与练习]

1. 请体会整首诗的意境并诵读《锦瑟》。
2. 诗中颔联、颈联引用的四个典故，赏析中已经对其中一则进行了分析，请查阅文献，结合自己的理解对其他三则进行分析。
3. 李商隐以"无题"作为题目写过多首诗歌，请分析寄情诗《无题》和《锦瑟》在思想感情和艺术特征上的异同。

无题

[唐] 李商隐

相见时难别亦难，东风无力百花残。
春蚕到死丝方尽，蜡炬成灰泪始干。
晓镜但愁云鬓改，夜吟应觉月光寒。
蓬山此去无多路，青鸟殷勤为探看。

拓展阅读

本篇为相思怀人之词，是词人晚年退隐苏州期间所作。此词通过对暮春景色的描写，抒发作者所感到的"闲愁"。全词立意新奇，想象丰富，历来广为传诵。

青玉案

[宋] 贺铸

凌波不过横塘路，但目送、芳尘去。锦瑟华年谁与度？月桥花院，琐窗朱户，只有春知处。

飞云冉冉蘅皋暮，彩笔新题断肠句。试问闲情都几许？一川烟草，满城风絮，梅子黄时雨。

晚唐和李商隐齐名的诗人，一个是杜牧，一个是温庭筠。李商隐和杜牧并称为"小李杜"，和温庭筠并称为"温李"。杜牧是晚唐杰出诗人，其抒情写景的七言绝句，艺术上有很高的成就。温庭筠诗词俱佳，其词多写女子闺阁风情，语言工练，清俊明快，是花间词派的代表作家，被称为"花间鼻祖"。

泊秦淮

[唐] 杜牧

烟笼寒水月笼沙，夜泊秦淮近酒家。
商女不知亡国恨，隔江犹唱后庭花。

望江南

[唐] 温庭筠

梳洗罢，独倚望江楼。过尽千帆皆不是，斜晖脉脉水悠悠。肠断白蘋洲。

水调歌头

水调歌头⁽¹⁾

[宋] 苏轼

丙辰中秋⁽²⁾，欢饮达旦⁽³⁾，大醉，作此篇，兼怀子由⁽⁴⁾。

明月几时有，把酒问青天⁽⁵⁾。不知天上宫阙⁽⁶⁾，今夕是何年？我欲乘风归去⁽⁷⁾，又恐琼楼玉宇⁽⁸⁾，高处不胜寒⁽⁹⁾。起舞弄清影⁽¹⁰⁾，何似在人间⁽¹¹⁾！

转朱阁⁽¹²⁾，低绮户⁽¹³⁾，照无眠。不应有恨，何事长向别时圆⁽¹⁴⁾？人有悲欢离合，月有阴晴圆缺，此事古难全⁽¹⁵⁾。但愿人长久⁽¹⁶⁾，千里共婵娟⁽¹⁷⁾。

【注释】

（1）水调歌头：词牌名。相传隋炀帝开汴河时曾制《水调歌》，唐人演为大曲。大曲有散序、中序、入破三部分，"歌头"当为中序的第一章。双调94字至97字，前后片各四平韵。宋人于前后片中的各两个六字句，多夹叶仄韵。也有平仄互叶几乎句句押韵的。共八体。

（2）丙辰：宋神宗熙宁九年（1076）。这一年苏轼在密州（今山东省诸城市）任太守。

（3）达旦：到天亮。

（4）子由：苏轼的弟弟苏辙的字。
（5）把酒：端起酒杯。把：执、持。
（6）天上宫阙：指月中宫殿。阙，古代宫殿前左右竖立的楼观。宫阙是指古时帝王所居住的宫殿，因宫门外有双阙，故称宫阙。
（7）归去：回到天上去。
（8）琼楼玉宇：美玉砌成的楼宇，指想象中的月中宫殿，仙界楼台。琼：美玉。宇：房屋。
（9）不胜（shèng，旧时读shēng）：经受不住。胜：承担、承受。
（10）弄清影：月光下的身影也跟着做出各种舞姿。弄：赏玩。
（11）何似：哪里比得上。
（12）朱阁：朱红的华丽楼阁。
（13）绮（qǐ）户：雕饰华丽的门窗。
（14）何事：为什么。
（15）此事：指人的"欢""合"和月的"晴""圆"。
（16）但：只。
（17）千里共婵（chán）娟（juān）：虽然相隔千里，也能一起欣赏这美好的月光。共：一起欣赏。婵娟：指月亮。

[赏析]

中国文人对于明月向来有一种独特的情感。《诗经·陈风·月出》有云："月出皎兮，佼人僚兮。舒窈纠兮，劳心悄兮。"皎洁的月光中总缠绕着怅惘的情愫，望月怀远的传统也就由此开启。于是便有了"今夜月明人尽望，不知秋思落谁家"的别离思聚；有了"大漠沙如雪，燕山月似钩"的雄浑豪迈；有了"露从今夜白，月是故乡明"的凄楚哀伤；有了"小楼昨夜又东风，故国不堪回首月明中"的无限怅惘……苏轼在中秋之夜，也将目光投向明月，便有了这首千古绝唱。

宋神宗熙宁九年（1076）中秋，当时苏轼在密州做太守。这一时期，苏轼因与当权的变法者王安石等人政见不同，自求外放，辗转在各地为官。他曾经要求调任到离胞弟苏辙较近的地方为官，以求兄弟能多相见，可惜这一愿望未得到满足。这一年的中秋，与苏辙分别已七年未能团聚的苏轼，面对明月，酒兴正酣，心绪起伏，挥笔写就了这首名篇。

政治失意，壮志难酬，人到中年的苏轼难免对现实产生不满，滋生出消极避世的思想。这首中秋词，正是仕途艰险体验的升华和总结。"大醉"遣怀是主，"兼怀子由"是辅，作者矛盾而又复杂的思想感情在词中得以展露，但主旨仍是其一贯旷达乐观、积极向上的精神。

整首作品风格豪放恢宏，意境开阔清丽。上阕把酒赏月，抒写了词人由幻想脱离尘世到回归现实的心路历程。理想难以实现，抱负难以施展，使得词人想要逃离这红尘俗世，到琼楼玉宇中逍遥自在。苏轼此后也时常有类似想法，如贬官到黄州后写下了"小舟从此逝，江海寄余生"。面对人生中的诸多不顺，不失睿智之风。从"我欲"到"又恐"至"何似"的起承转合中，词人最终从幻觉回到现实，在出世与入世的矛盾中，入世思想最终占了上风。此处苏轼的情感跌宕起伏，写得出神入化，显示了词人开阔的心胸与超远的志向，使作品具有旷达之风。

下阕望月怀人，道明"人有悲欢离合"的人生哲理，祝福天下离人都能"人长久""共婵娟"。苏轼既有儒家的入世思想，又有佛家和道家的出世思想。前者使其为壮志难酬感到伤感，怨明月，也就是怨现实，借景抒情，抒发自己政治上的苦闷和与亲人分离的愁绪。后者使其超脱现实，人世间总有悲欢离合，就如同月亮有阴晴圆缺一样，喜怒哀乐都是人生际遇，自古以来都是难以周全圆满的。以大开大合之笔从人到月，从人生写到自然，显示出作者洒脱旷达的人生态度。因此，苏轼的《水调歌头》豪迈中透露着惆怅，伤感中显示出豁达，这是其矛盾思想的主要体现。

全词设景开阔，意境清远，充分体现出苏轼精神境界的丰富博大和苏词清雄旷达的风格。世事无完美，当我们遭遇变故、历经不顺时，不妨与苏轼一道，遥望这轮亘古如斯的明月，学会接受和欣赏生命中的残缺，从苦闷失意走向胸怀坦荡，超越一己之苦乐，如月光将清辉洒向大地，留给世人无尽的美好与回味。

[思考与练习]

1. 请学习并吟诵《水调歌头》。
2. 请搜集你喜爱的苏轼另外一首词，并撰写该词赏析文章。
3. 月亮也出现在第一章李白的《月下独酌》其一中。请结合李白、苏轼各自的生平及创作背景，赏析《月下独酌》其一、《水调歌头》这两首作品在思想内容和感情色彩上的不同。

拓展阅读

在苏轼写下《水调歌头》的第二年，其弟苏辙也写了一首《水调歌头·徐州起秋》来回赠其兄。这首主要写了作者与其胞兄久别重逢继而又要分别的难舍之情，生动地表现出苏轼和苏辙兄弟的手足情深。

水调歌头·徐州起秋

[宋]苏辙

离别一何久，七度过中秋。去年东武今夕，明月不胜愁。岂意彭城山下，同泛清河古汴，船上载凉州。鼓吹助清赏，鸿雁起汀洲。

坐中客，翠羽帔，紫绮裘。素娥无赖，西去曾不为人留。今夜清尊对客，明夜孤帆水驿，依旧照离忧。但恐同王粲，相对永登楼。

"望月怀远"是中国诗歌的重要主题，也创造出了一种独特的意境。很多作家在人生失意、恰逢佳节之时，望月而作诗词，既表现了作者对远方之人殷切的怀念，也对自己的人生进行深刻的思考，悲欢离合尽显纸上。

八月十五夜月二首

[唐]杜甫

满月飞明镜，归心折大刀。
转蓬行地远，攀桂仰天高。
水路疑霜雪，林栖见羽毛。
此时瞻白兔，直欲数秋毫。
稍下巫山峡，犹衔白帝城。
气沈全浦暗，轮仄半楼明。
刁斗皆催晓，蟾蜍且自倾。
张弓倚残魄，不独汉家营。

相见欢

[五代]李煜

无言独上西楼，月如钩。寂寞梧桐深院锁清秋。
剪不断，理还乱，是离愁。别是一般滋味在心头。

江城子·乙卯正月二十日夜记梦⁽¹⁾

[宋] 苏轼

十年生死两茫茫⁽²⁾，不思量⁽³⁾，自难忘。千里孤坟⁽⁴⁾，无处话凄凉。纵使相逢应不识⁽⁵⁾，尘满面，鬓如霜⁽⁶⁾。

夜来幽梦忽还乡⁽⁷⁾，小轩窗⁽⁸⁾，正梳妆，相顾无言⁽⁹⁾，惟有泪千行。料得年年肠断处⁽¹⁰⁾，明月夜，短松冈⁽¹¹⁾。

【注释】

（1）乙卯（mǎo）：北宋熙宁八年（1075）。
（2）十年：指结发妻子王弗去世已十年。
（3）思量：想念。
（4）千里：王弗葬地四川眉山与苏轼任所山东密州，相隔遥远，故称"千里"。孤坟：其妻王氏之墓。
（5）纵使：纵然，即使。
（6）"尘满面"二句：形容饱经沧桑，面容憔悴。
（7）幽梦：梦境隐约。
（8）小轩：有窗槛的小屋。小轩窗：指小室的窗前。
（9）顾：看。
（10）料得：料想，想来。肠断处：一作"断肠处"。

（11）短松冈：苏轼葬妻之地。短松：矮松。古人葬地多种松柏。

[赏析]

　　苏轼开创了豪放词风，词作意境开阔，超脱奔放，一句"老夫聊发少年狂，左牵黄，右擎苍"，给我们展示了豪迈的热血男儿形象。然而，"无情未必真豪杰，只是未到伤心处"，大丈夫心中也有解不开的儿女情长。苏轼的《江城子·乙卯正月二十日夜记梦》便向人们讲述了一个凄绝动人、哀婉缠绵的爱情悲剧。

　　该作品是苏轼为悼念原配妻子王弗而写的一首悼亡词。从《诗经》开始，中国文学史上就已经出现"悼亡诗"，而用词来悼亡则为苏轼首创。在扩大词的题材、丰富表现力方面，本篇应占有一定地位。这首词不是写清醒时的痛楚，而是以记梦之由来抒发生死难忘之情，较之同题材的诗歌更显曲折动人。品读这首作品，不仅能感受"豪言壮语"的苏轼内心的缠绵，更能深切理解到"真豪杰"的内涵。

　　苏东坡十九岁时，与十六岁的王弗结婚。王弗年轻美貌，且侍亲甚孝，夫妻恩爱。可惜王弗二十七岁就去世了，对东坡造成了极大的打击。在《亡妻王氏墓志铭》里，苏轼写道："治平二年（1065）五月丁亥，赵郡苏轼之妻王氏，卒于京师。六月甲午，殡于京城之西。其明年六月壬午，葬于眉之东北彭山县安镇乡可龙里先君、先夫人墓之西北八步。"行文冷静自持，实则心中大恸。

　　词的开头直说虽生死殊途而旧情难忘。妻子已经去世十年，生死茫茫，即使不特意思念，也自然难以忘怀。在"自难忘"的思念中，由自己的凄凉联想到亡妻的孤单，痛感孤坟相隔千里，欲话凄凉而不可得。就算得以相逢，由于自己变得苍老，恐怕妻子也难以相认了。此处在悲悼中又带入了自身的仕途失意和饱经沧桑。如此层层推进，自然引出梦中相逢一节。乍一重逢，本该有千言万语，可偏偏"无语凝噎"，真可谓"此时无声胜有声"。最后是梦醒后深切的哀思：那千里之外与山冈短松相伴的坟茔，将永远是自己的牵挂之处。

　　"纵使相逢应不识，尘满面，鬓如霜。"这三个长短句，又把想象与现实混同了起来。相逢已然是不可能的了，使作者更为悲痛的是，面对"纵使相逢"这种绝望的假设，恐怕妻子也难以相认了。十年来苏轼饱经风霜，奔波劳顿，早已满面尘埃、鬓发雪白。在容颜衰败之下，实则道出了人世之苦和思念之深。

　　下片开头五句开始入题，转而写梦。作者看到的是曾经最稀疏平常的景象，也是印刻在心底最深的印记。夫妻久别重逢，没有互诉衷肠，卿卿我我，居然是"相顾无言，唯有泪千行"。这种意料之外的场景正是苏轼下笔妙绝之处。此处的"无言"抵得上万语千言，比雷霆万钧更震撼人心。此时无声胜有声，正因"无言"，方显沉痛，更显出梦境的凄凉。

　　从梦境回到现实，作者没有直接抒发自己的悲痛欲绝，而是推己及人，料想亡妻年年岁岁长眠在"短松冈"，孤坟只有清辉相伴，多么肝肠寸断。设想死者的凄凉，以寓自己的悼念之情，苏轼以这样的结尾，表现了对亡妻的刻骨相思，也让读者感到意味深长。

　　宋神宗熙宁八年（1075），苏东坡任密州（今山东诸城）知州，年已四十。这一年正月二十日，他梦见爱妻王氏，便写下了这首传诵千古的悼亡词。虽说是"记梦"，而且明确写了做梦的日子，但其实只有下片五句是记梦境，其他都是抒胸臆、诉悲怀的，写得真挚朴素，沉痛感人。十年间，东坡因反对王安石的新法，颇受压制，心境难平。到密州后，又逢凶年，忙于处理政务，生活困苦。且继室王闰之（苏轼续娶了王弗的堂妹王闰之）及儿子均在身旁，俗世琐碎，仕途艰难，自然不会也不便时时刻刻把逝世的妻子挂在嘴边或者刻意想念。然而"不思量，自难忘"，这种深埋于心的情感久而弥坚，是无论如何都不会泯灭的。作者将"不思量"与"自难忘"并举，看似矛盾的说法实则深刻揭示内心的情感。开头三句排空而下，久藏于心的情感如闸门大开，奔涌而下，感人至深。苏轼曾在《亡妻王氏墓志铭》记述了"妇从汝于艰难，不可忘也"的父训，而在此篇中我们得以窥见他对妻子的思念绝不仅仅是听从父命，而是源于这从来不需要想起，永远也不会忘记的夫妻真情。

这首词运用了虚实结合、叙述白描等多种表现手法，表达作者对亡妻的思念，哀思中又感怀了自己的际遇，如话家常，却字字出自肺腑，将夫妻之情表达得深挚哀痛，为脍炙人口的名作。

[思考与练习]

1. 请诵读《江城子·乙卯正月二十日夜记梦》，体会词中的情感。
2. 词中的哪一句最打动你？请谈谈你的感受。
3. 在本课程中，我们也学习了苏轼名作《江城子·密州出猎》，请联系作者写作时的不同背景，分析《江城子·乙卯正月二十日夜记梦》和《江城子·密州出猎》这两首词在思想情感和艺术手法上的不同。

拓展阅读

《沈园二首》是宋代陆游的组诗作品。这是作者在七十五岁重游沈园时为怀念其原配夫人唐氏而创作的两首悼亡诗，情感深沉哀婉，语言朴素自然。

沈园二首

[宋] 陆游

城上斜阳画角哀，沈园非复旧池台，
伤心桥下春波绿，曾是惊鸿照影来。
梦断香消四十年，沈园柳老不吹绵。
此身行作稽山土，犹吊遗踪一泫然。

《遣悲怀》其三是唐代诗人元稹为悼念原配妻子韦丛而写下的七言律诗。婚后生活比较贫困，但韦丛毫无怨言，韦丛病死时年仅二十七岁，元稹悲痛万分，写了不少悼亡诗，其中最有名的是这三首《遣悲怀》。

遣悲怀（其三）

[唐] 元稹

闲坐悲君亦自悲，百年多是几多时。
邓攸无子寻知命，潘岳悼亡犹费词。
同穴窅冥何所望，他生缘会更难期。
惟将终夜常开眼，报答平生未展眉。

天净沙(1)·秋思

[元] 马致远

枯藤老树昏鸦(2)，
小桥流水人家(3)，
古道西风瘦马(4)。
夕阳西下，
断肠人在天涯(5)。

天净沙·
秋思

【注释】

（1）天净沙：曲牌名，属越调，又名《塞上秋》。
（2）枯藤：枯萎的枝蔓。昏鸦：黄昏时归巢的乌鸦。昏：傍晚。
（3）人家：农家。
（4）古道：已经废弃不堪再用的古老驿道（路）或年代久远的驿道。西风：寒冷、萧瑟的秋风。
（5）断肠人：形容伤心悲痛到极点的人，此指漂泊天涯、极度忧伤的旅人。天涯：远离家乡的地方。

【赏析】

西晋陆机在《文赋》写道："遵四时以叹逝，瞻万物而思纷；悲落叶于劲秋，喜柔条于芳春"，南朝刘勰则在《文心雕龙·物色》中说"春秋代序，阴阳惨舒；物色之动，心亦摇焉"，二人皆阐明了气候、景色的变化与情感的关系。其中，"悲秋"是中国文人特有的情结，也是中国古代文学尤其是古典诗词中长盛不衰的主题，宋玉更是以一句"悲哉，秋之为气也"（《九辩》）奠定了千古悲秋的审美传统。

中华经典诗词赏析

马致远是元代散曲大家,曲词豪放洒脱。今存散曲约130首,他的写景作品如《秋思》,如诗如画,余韵无穷。本篇是马致远散曲小令中最著名的一支,以多种景物并置组成,勾画出一幅羁旅荒郊图,抒发了游子在秋天思念故乡、倦于漂泊的凄苦之情。这支小令句法别致,短短28字,前三句全由名词性词组构成,一共列出9种景物,意蕴深远,结构精巧,平仄起伏,顿挫有致。其独特的艺术魅力,倾倒无数文人墨客,历来被推崇为描写自然的佳作,被称为"秋思之祖"。

马致远年轻时热衷功名,但由于元统治者实行民族高压政策,因而一直未能得志。他几乎一生都过着漂泊无定的生活,也因之郁郁寡欢,困窘潦倒。在独自漂泊的旅途中,他写下了这首《天净沙·秋思》。

开头两句"枯藤老树昏鸦,小桥流水人家",12个字立时勾勒出一幅僻静暗淡的深秋村野图,又自有一种清新幽静的意味。黄昏时分,在一株枯藤缠绕的老树枝头,几只乌鸦守在巢边,萧瑟的深秋景象一下扣住了读者心弦。作者笔锋一转,将读者的视线转向"小桥流水人家",平和恬静的生活气息让读者心下放缓。这既是对远处风景的诗意描绘,也表达了漂泊旅人对田园生活的向往。

马致远用词精简独到,"藤""树""鸦",本是荒野随处可见之物,可一旦与"枯""老""昏"搭配,肃杀之气直戳读者毫不设防的心头,"枯、老、昏"依次递进,步步紧逼,让人顿感心头似有重压。

"古道西风瘦马。"作者笔锋一收,又从美好的田园生活回到了悲凉的现实世界。古道萧索,西风凋零,只有一匹瘦马相随。落日西沉,倦鸟归巢;小桥边,流水人家;而荒凉古道上,漂泊天涯的游子牵着一匹瘦马,迎着萧瑟的秋风,却不知自己今夜会宿在何处,明日又将去向何方。此情此景,怎不叫人愁肠寸断、倍思故乡,也让我们为作者的命运牵肠挂肚。

末了,作者仰天长叹"断肠人在天涯",就此作结。离愁别绪才下眉头,又上心头。这句点睛之笔,既是作者对人生际遇的感怀,也是对当时现实不公的诘问和嗟叹。

细细读来,恍若一帧帧电影镜头呈现在眼前:一条荒凉的古道延伸向远方,瑟瑟秋风中,孤独的游子还要到哪里去?何处才是归程?此刻,我们也化身成为游子,置身于艰辛的旅途之中。夕阳坠落,黑夜即将来临,游子远离故乡到了天涯尽头,却找不到归宿,实在惆怅之极,悲苦之极。故乡是精神的家园,远离故乡的人身如浮萍,心无所依,这也象征着当时在元统治下找不到政治出路的文人的处境,细腻刻画了他们深切的惆怅和悲苦的心情。

整首小令寓情于景，完美地表现了流落异乡的游子在秋天思念故乡、倦于漂泊的凄苦之情。初看起来纯用简练的白描手法，但又都具有象征意味。全曲不着一"秋"，却写尽了深秋时节荒凉萧瑟的景象。未见"思"字，游子浓烈的思乡之情和对安定生活的渴望却尽收眼底。此曲用词精准，结构巧妙，境界高阔，寓意深刻，传递出中国文人传统深厚的情感体验，是一首不朽的心灵之歌。

[思考与练习]

1. 请诵读《天净沙·秋思》。
2. 请按照你的理解，尝试画出作品中所呈现的内容和意趣。
3. 杜甫的《春望》中写道："国破山河在，城春草木深。感时花溅泪，恨别鸟惊心。"这几句诗和本篇作品的情感是否有相似之处？请谈谈你的看法。

拓展阅读

《天净沙·秋》是元代曲作家白朴创作的一首写景散曲，作者通过撷取十二种景物，描绘出一幅景色从萧瑟、寂寥到明朗、清丽的秋景图。

天净沙·秋

[元] 白朴

孤村落日残霞，
轻烟老树寒鸦，
一点飞鸿影下。
青山绿水，
白草红叶黄花。

《渔家傲·秋思》是北宋词人范仲淹创作的一首词，表现将士们的英雄气概和艰苦生活，意境开阔苍凉，形象生动鲜明。

渔家傲·秋思

[宋] 范仲淹

塞下秋来风景异，衡阳雁去无留意。四面边声连角起，千嶂里，长烟落日孤城闭。

浊酒一杯家万里，燕然未勒归无计。羌管悠悠霜满地，人不寐，将军白发征夫泪。

《枫桥夜泊》是唐代诗人张继的诗作，描述了一个客船夜泊者对江南深秋夜景的观察和感受，表现出作者的羁旅之思和家国之忧，是写愁的代表作。

枫桥夜泊

［唐］张继

月落乌啼霜满天，江枫渔火对愁眠。
姑苏城外寒山寺，夜半钟声到客船。

第三章　古今感怀

中国是一个诗词的国度，古典诗词发展到唐宋时，迎来了巅峰时期，体式完备、名家辈出、风格多样，堪称前无古人、后无来者。李白、杜甫、白居易和苏轼等以其各具特色的艺术创作，唱出了唐宋诗词最美的乐章。

中国又是一个美丽的国度，北国风霜、江南园林、名山大川、高峡平湖，堪称风景如画、奇幻瑰丽。作家们在见到胜景古迹时，常常会触景生情，感怀古今。在本章学习中，我们将沿着他们的所见所思，从诗词中领会他们的人生态度和感悟。

本章共包括 7 首唐宋经典诗词：唐代诗人张若虚的七言长篇歌行《春江花月夜》、王昌龄的《出塞》、崔颢的《黄鹤楼》、李白的《蜀道难》、杜甫的《蜀相》、白居易的《琵琶行》，以及宋代豪放派代表词人苏轼的《念奴娇·赤壁怀古》。这些诗歌或表现了一种夐绝的宇宙意识，或把现实和历史巧妙联系起来，苍茫雄浑，意境深远。或借助雄奇夸张的想象描绘了一幅色彩绚丽、气势雄伟的蜀道山水图，或抒发自己被贬谪的愤愤不平，也表达出对不幸者的深切同情。

这些诗歌作品境界高远、语言精美、形式多样，希望同学们在学习过程中，在理解诗意的基础上，通过诵读来进入诗歌意境，感受古代社会生活与古人的情感世界，领略古人独特的审美情趣，提高对诗歌思想内容和艺术旨趣的感悟能力。

春江花月夜

春江花月夜

[唐]张若虚

春江潮水连海平,海上明月共潮生[1]。
滟滟随波千万里[2],何处春江无月明!
江流宛转绕芳甸[3],月照花林皆似霰[4]。
空里流霜不觉飞[5],汀上白沙看不见[6]。
江天一色无纤尘[7],皎皎空中孤月轮[8]。
江畔何人初见月?江月何年初照人?
人生代代无穷已[9],江月年年望相似[10]。
不知江月待何人,但见长江送流水[11]。
白云一片去悠悠[12],青枫浦上不胜愁[13]。
谁家今夜扁舟子[14]?何处相思明月楼[15]?
可怜楼上月徘徊[16],应照离人妆镜台[17]。
玉户帘中卷不去[18],捣衣砧上拂还来[19]。
此时相望不相闻[20],愿逐月华流照君[21]。
鸿雁长飞光不度,鱼龙潜跃水成文[22]。
昨夜闲潭梦落花[23],可怜春半不还家。
江水流春去欲尽,江潭落月复西斜。
斜月沉沉藏海雾,碣石潇湘无限路[24]。
不知乘月几人归[25],落月摇情满江树[26]。

[注释]

（1）"海上"句：月亮从地平线升起，在水边望去，就好像从浪潮中涌出一样。
（2）滟（yàn）滟：波光荡漾的样子。
（3）芳甸（diàn）：开满花草的郊野。甸，郊外之地。
（4）霰（xiàn）：天空中降落的白色不透明的小冰粒。此处形容月光下春花晶莹洁白。
（5）流霜：飞霜。古人以为霜和雪一样，是从空中落下来的，所以叫流霜。此处形容月色朦胧、流荡。
（6）汀（tīng）：水边平地，小洲。
（7）纤尘：微细的灰尘。
（8）月轮：指月亮，因为月圆时像车轮，所以称为月轮。
（9）穷已：穷尽。
（10）望：一作"只"。
（11）但见：只见、仅见。
（12）悠悠：渺茫、深远。
（13）青枫浦：地名，今湖南浏阳市境内有青枫浦。这里泛指游子所在的地方。暗用《楚辞·招魂》"湛湛江水兮上有枫，目极千里兮伤春心"句意，隐含离别之意。
（14）扁（piān）舟子：飘荡江湖的游子。扁舟，小舟。
（15）明月楼：月夜下的闺楼。这里指闺中思妇。
（16）月徘徊：指月光偏照闺楼，徘徊不去，令人不胜其相思之苦。
（17）离人：此处指思妇。妆镜台：梳妆台。
（18）玉户：形容楼阁华丽，以玉石镶嵌的门。
（19）捣衣砧（zhēn）：捣衣石，捶布石。
（20）相闻：互通音信。
（21）逐：追随。月华：月光。
（22）文：同"纹"。
（23）闲潭：幽静的水潭。
（24）碣（jié）石：山名，在渤海边上。潇湘：湘江与潇水，在今湖南。这里两个地名一北一南，暗指路途遥远，相聚无望。无限路：极言离人相距之远。
（25）乘月：趁着月光。
（26）摇情：激荡情思，犹言牵情。

[赏析]

中国古典诗词有两个非常重要的主题，一个是谈爱情，另一个就是人生有限与宇宙无穷引发的思考。张若虚的《春江花月夜》正是初唐诗歌中谈爱情、探讨人生与宇宙关系的一首佳作。这首诗被闻一多先生誉为"诗中的诗，顶峰上的顶峰"，千百年来有无数的读者为之倾倒。一生仅留下两首诗的张若虚，也因这一首诗，"孤篇横绝，竟为大家"。

此诗沿用隋乐府旧题，运用富有生活气息的清丽之笔，以月为主体，以江为场景，描绘了一幅幽美邈远、惝恍迷离的春江月夜图，抒写了游子思妇真挚动人的离情别绪以及富有哲理意味的人生感慨，表现了一种迥绝的宇宙意识，创造了一个深沉、寥廓、宁静的境界。全诗共三十六句，每四句一换韵，通篇融诗情、画意、哲理为一体，意境空明，想象奇特，语言自然隽永，韵律宛转悠扬，洗净了六朝宫体的浓脂腻粉，具有极高的审美价值，素有"孤篇盖全唐"之誉。

诗人入手擒题，一开篇便就题生发，勾勒出一幅春江月夜的壮丽画面：江潮连海，月共潮生。这里的"海"是虚指。江潮浩瀚无垠，仿佛和大海连在一起，气势宏伟。这时一轮明月随潮涌生，景象壮观。一个"生"字，就赋予了明月与潮水以活泼泼的生命。月光闪耀千万里之遥，哪一处春江不在明月朗照之中。江水曲曲弯弯地绕过花草遍生的春之原野，月色泻在花树上，像撒上了一层洁白的雪。诗人真可谓是丹青妙手，轻轻挥洒一笔，便点染出春江月夜中的奇异之"花"。同时，又巧妙地缴足了"春江花月夜"的题面。诗人对月光的观察极其精微：月光荡涤了世间万物的五光十色，将大千世界浸染成梦幻一样的银灰色。因而"流霜不觉飞""白沙看不见"，浑然只有皎洁明亮的月光存在。细腻的笔触，创造了一个神话般美妙的境界，使春江花月夜显得格外幽美恬静。这八句由大到小，由远及近，笔墨逐渐凝聚在一轮孤月上了。

清明澄澈的天地宇宙，仿佛使人进入了一个纯净的世界，自然引起诗人的遐思冥想："江畔何人初见月？江月何年初照人？"诗人神思飞跃，但又紧紧联系着人生，探索着人生哲理与宇宙奥秘。这种探索，古人也已有之，如曹植《送应氏》"天地无终极，人命若朝霜"，阮籍《咏怀》"人生若尘露，天道邈悠悠"等，但诗的主题多半是感慨宇宙永恒，人生短暂。张若虚在此处却别开生面，他的思想没有陷入前人窠臼，而是翻出新意："人生代代无穷已，江月年年望相似。"个人的生命是短暂即逝的，而人类的存在绵延久长，因之"代代无穷已"的人生就和"年年望相似"的明月得以共存。这是诗人从大自然的美景中感受到的一种欣慰。诗人虽有对人生短暂的感伤，但并不是颓废与绝望，而是源于对人生的追求与热爱。全诗的基调是"哀而不伤"，使我们得以聆听到初盛唐时代之音的回响。

"不知江月待何人，但见长江送流水"，这是紧承上一句的"望相似"而来的。人生代代相继，江月年年如此。一轮孤月徘徊中天，像是等待着什么人似的，却又永远不能如愿。月光下，只有大江急流，奔腾远去。随着江水的流动，诗篇遂生波澜，将诗情推向更深远的境界。江月有恨，流水无情，诗人自然地把笔触由上半篇的大自然景色转到了人生图像，引出下半篇男女相思的离愁别恨。

"白云"四句总写在春江花月夜中思妇与游子的两地思念之情。"白云""青枫浦"托物寓情。白云飘忽，象征"扁舟子"的行踪不定。"青枫浦"为地名，但"枫""浦"在诗中又常用为感别的景物、处所。"谁家""何处"二句互文见义，正因不止一家、一处有离愁别恨，诗人才提出这样的设问，一种相思，牵出两地离愁，一往一复，诗情荡漾，曲折有致。

以下"可怜"八句承"何处"句，写思妇对离人的怀念。然而诗人不直说思妇的悲和泪，而是用"月"来烘托她的怀念之情，悲泪自出。诗篇把"月"拟人化，"徘徊"二字极其传神：一是浮云游动，故光影明灭不定；二是月光怀着对思妇的怜悯之情，在楼上徘徊不忍去。它要和思妇做伴，为她解愁，因而把柔和的清辉洒在妆镜台上、玉户帘上、捣衣砧上。岂料思妇触景生情，反而思念尤甚。她想赶走这恼人的月色，可是月色"卷不去""拂还来"，真诚地依恋着她。这里"卷"和"拂"两个痴情的动作，生动表现出思妇内心的惆怅和迷惘。月光引起的情思在深深地搅扰着她，此时此刻，月色不也照着远方的爱人吗？共望月光而无法相知，只好依托明月遥寄相思之情。望长空，鸿雁远飞，飞不出月的光影，飞也徒劳；看江面，鱼儿在深水里跃动，只是激起阵阵波纹，跃也无用。"尺素在鱼肠，寸心凭雁足"，一向以传信为任的鱼雁，如今也无法传递音讯——该又平添几重愁苦！

最后八句写游子，诗人用落花、流水、残月来烘托他的思归之情。"扁舟子"连做梦也念念归家——花落幽潭，春光将老，人还远隔天涯，情何以堪。江水流春，流去的不仅是自然的春天，也是游子的青春、幸福和憧憬。江潭落月，更衬托出他凄苦寞寞之情。沉沉的海雾隐遮了落月，碣石、潇湘，天各一方，道路是多么遥远。"沉沉"二字更加渲染了他的孤寂，"无限路"也就无限地加深了他的乡思。他思忖：在这美好的春江花月之夜，不知有几人能乘月回归自己的家乡。他那无着无落的离情，伴着残月之光，洒满在江边的树林之上……

"落月摇情满江树"，这结句的"摇情"——不绝如缕的思念之情，将月光之情、游子之情、诗人之情交织成一片，洒落在江树上，也洒落在读者心上，情韵袅袅，摇曳生姿，令人心醉神迷。

人的一生中见过许多优美的景物，但你是否欣赏过春江花月夜这样的美景？人的一生中会有许多的感情经历，但你是否体味过"愿逐月华流照君""昨夜闲潭梦落花"这样的温情与痴迷？人的一生中也会有许多哲学的思考，但你是否思考过"人生代代无穷已，江月年年望相似"这样的人生与宇宙的命题？如果没有，不妨读一读《春江花月夜》，你便可以徜徉于诗的意境中，领略到大自然的美，体悟到人生的意趣。如果你有过上面所说的经历，也不妨读一读《春江花月夜》，你或许会与作者产生共鸣，从而加深你对生活的认识和人生的思索。

［思考与练习］

1. 请学习并吟诵《春江花月夜》。
2. 《春江花月夜》全诗共15个"月"，几乎句句有"月"，"月"成为了全诗灵魂，请你分析为什么"月"是全诗灵魂。
3. 在这首诗中，张若虚是如何解答人与宇宙的关系的，给你怎样的启发？

拓展阅读

许多诗词文赋中都绵延着对自然永恒和人生短暂的思考。隋炀帝杨广曾以"春江花月夜"为题作诗二首。诗人以"暮江""春花""流波""月""潮水""星"等自然元素，构建了一个宁静而美丽的春夜江景，通过这些元素，传达了一种宁静、和谐与自然的美。丰富的想象力和细腻的笔触，创造出一种超脱现实、充满神秘色彩的艺术境界。

唐代刘希夷的《代悲白头翁》通过对洛阳城东桃李花的描写，引出了对白头翁的悲悯。他不仅揭示了人生有限、天地无穷的宇宙规律，更指出了珍惜"红颜"、尊重"白头"的生活态度。

  转而来看《浣溪沙》，晏殊在词中对生命无常和美好易逝的探讨更加深入。词的开篇"一曲新词酒一杯"直接点明了主题。接着通过对比去年和今年的天气，以及旧亭台的不变，表达了时间的流逝和人事的变迁。下片名句"无可奈何花落去，似曾相识燕归来"把人对自然规律的无奈接受和对过去美好时光的无比怀念渲染到了极致。其清新脱俗的风格和深邃的情感，成为中国古典词坛的佳作。

春江花月夜二首

[隋]杨广

暮江平不动，春花满正开。
流波将月去，潮水带星来。
夜露含花气，春潭漾月晖。
汉水逢游女，湘川值两妃。

代悲白头翁

[唐]刘希夷

洛阳城东桃李花，飞来飞去落谁家？
洛阳女儿好颜色，坐见落花长叹息。
今年花落颜色改，明年花开复谁在？
已见松柏摧为薪，更闻桑田变成海。
古人无复洛城东，今人还对落花风。
年年岁岁花相似，岁岁年年人不同。
寄言全盛红颜子，应怜半死白头翁。
此翁白头真可怜，伊惜红颜美少年。
公子王孙芳树下，清歌妙舞落花前。
光禄池台文锦绣，将军楼阁画神仙。
一朝卧病无相识，三春行乐在谁边？
宛转蛾眉能几时？须臾鹤发乱如丝。
但看古来歌舞地，惟有黄昏鸟雀悲。

浣溪沙

[宋]晏殊

一曲新词酒一杯,去年天气旧亭台。夕阳西下几时回?
无可奈何花落去,似曾相识燕归来。小园香径独徘徊。

出塞(其一)

[唐]王昌龄

秦时明月汉时关,万里长征人未还。
但使龙城飞将在⁽¹⁾,不教胡马度阴山⁽²⁾。

〔注释〕

(1)但使:只要。龙城:龙城是匈奴祭天集会的地方。飞将:指汉朝名将李广,匈奴畏惧他的神勇,特称他为"飞将军"。
(2)胡马:敌方的战马。胡,古人对西北少数民族的称呼。阴山:位于内蒙古中部及河北北部,是古代中国北方的屏障。

〔赏析〕

盛唐时期经济繁荣、政治开明、文化发达。自唐太宗以来,朝气蓬勃而又盛满自信的大唐王朝为恢复两汉以来对西域的统治，功名只向马上取，激昂热烈的情绪吸引着文人墨客们积极投身于这建功立业的戍边大潮中来，并用诗的语言记录下自己的所见所闻、所思所感。盛唐边塞诗派应运而生，而王昌龄就是其中的佼佼者，他的《出塞》其一被誉为唐人七绝的压卷之作。

《出塞》，是乐府旧题，属于《横吹曲辞·汉横吹曲》，内容多写将士的边塞生活。王昌龄依此旧题，写了两首诗，此为第一首。这首诗，秉承传统题意，借士兵思归而嗟叹久戍不返的方式，来表达诗人关心国家、同情士兵，渴望边将任用得人和平息边患的迫切愿望。

为什么这样一首主旨思想并无称奇的作品却能成为唐诗中的"神品"，久经传诵而不衰？先看首句，"秦时明月汉时关"，实写边关夜景，即"边关夜月"——"明月"和"关"，在有关边塞的乐府诗里很常见。无论征人思家，还是思妇怀远，往往都离不了"关"和"月"这两个字。"关山三五月，客子忆秦川"（徐陵《关山月》），"关山夜月明，秋色照孤城"（王褒《关山月》），"关山万里不可越，谁能坐对芳菲月"（卢思道《从军行》），"陇头明月迥临关，陇上行人夜吹笛"（王维《陇头吟》），例子举不胜举。这句诗的独到之处，就是在"明月"和"关"两个词之前增加了"秦""汉"两个时间性的限定词。这样从千年以前、万里之外下笔，自然形成一种雄浑苍茫的独特的意境，使读者把眼前明月下的边关同秦代筑关备胡，汉代在关内外与胡人发生一系列战争的悠久历史自然联系起来。平凡的悲剧，平凡的希望，都随着首句"秦""汉"这两个时间限定词的出现而显示出很不平凡的意义。这句诗声调高昂，气势雄浑，也足以统摄全篇。

再看次句，"万里长征人未还"，明写征夫怨情，即"思归怨情"。这是首句的继续，发展了诗意与诗情，且又使首句所写景物蕴含的丰富内容得以更好显示。因为征夫离乡背井，万里迢迢，远戍边关，久不归家，面对"关城夜月"，难以抑制心头怨忿。当然，也很自然地由此遭遇联想到民族家国的命运，从而达到"抚今追昔"的艺术效果：边境多事，今昔略同；边卒艰辛，素来如此。这句"万里长征"，对后来诗人影响至大。稍后的李白在自己的《战城南》一诗中，就曾多处出现了类似的诗句，如"万里长征战，三军尽衰老""秦家筑城备胡处，汉家还有烽火燃""烽火燃不息，征战无已时"等，可见影响之深广。

历来边事之多，今昔略同。然而，今昔所任之边将，却大有异处，国家、民族的命运也就不同了。这就是下边续写的两句诗所申明的主要思想。

再看三、四句，"但使龙城飞将在，不教胡马度阴山"，明忆昔，暗讽今，即"讽不露，微而显"。这两句是化用了"汉李广威震匈奴"之典入诗，字面上的意思是说，只要有汉代李广那样的英勇善战、体恤士兵的"飞将军"在，边境烽火即可平息，久戍边地的士兵就可以归家团聚，过着和平生活了。

但是，事实上现在是唐代而不是汉代，边关守将也不是"飞将军"，而是一些无能之辈，不能威慑和击溃进犯的敌人，无法解救黎民百姓于水火之中。这种讽刺，是一种"微而显""婉而成章"的含蓄的讽刺。诗人借此准确而真实地表达了军民们的共同愿望：希望国家将帅任用得人，边防巩固，使他们能够获得和平的生活。

王昌龄的边塞诗，大部分都是用乐府旧题抒写战士爱国立功和思念家乡的心情。诗体多用易于入乐的七绝。正因为王昌龄对七绝用力最专，成就最高，后代称之为"七绝圣手"。由于他善于捕捉典型的情景,善于概括和想象,语言圆润蕴藉,音调和谐婉转,民歌气息很浓,所以他写传统的主题,能令读者感到意味深长,光景常新。

〔思考与练习〕

1. 请诵读《出塞》。
2. 请分析这首诗的主题,以及作者是怎样表现这一主题的。
3. 有人赞誉此诗是唐人七绝压卷之作,乃是平凡之中见妙处,而妙就妙在"秦时明月汉时关"这一句,试分析这句诗的绝妙之处。

拓展阅读

盛唐优秀的边塞诗有一个重要的思想特色,就是在抒写戍边将士的豪情壮志的同时,并不回避战争的艰苦,王昌龄《从军行》其四就是一个显例。大家可以边阅读边体会这首绝句是如何做到典型环境与人物感情高度统一的。岑参和高适都是盛唐边塞诗派的代表作家。大家可以将岑参的《走马川行奉送封大夫出师西征》与他的《白雪歌送武判官归京》作一比较,看看这两首作品的审美风格有什么不同。《燕歌行》不仅是高适的"第一大篇"(近人赵熙评语),而且是整个唐代边塞诗中的杰作,诗人写的是边塞战争,但重点不在于民族矛盾,而是揭露军中官兵苦乐悬殊,抨击将帅腐败无能且不恤士卒,对浴血苦战的士兵给予深切同情。

从军行(其四)

[唐]王昌龄

青海长云暗雪山,孤城遥望玉门关。
黄沙百战穿金甲,不破楼兰终不还。

走马川行奉送封大夫出师西征

[唐]岑参

君不见走马川行雪海边,平沙莽莽黄入天。
轮台九月风夜吼,一川碎石大如斗,随风满地石乱走。
匈奴草黄马正肥,金山西见烟尘飞,汉家大将西出师。
将军金甲夜不脱,半夜军行戈相拨,风头如刀面如割。
马毛带雪汗气蒸,五花连钱旋作冰,幕中草檄砚水凝。
虏骑闻之应胆慑,料知短兵不敢接,车师西门伫献捷。

燕歌行

[唐]高适

　　开元二十六年,客有从御史大夫张公出塞而还者,作《燕歌行》以示适,感征戍之事,因而和焉。

汉家烟尘在东北,汉将辞家破残贼。
男儿本自重横行,天子非常赐颜色。
摐金伐鼓下榆关,旌旆逶迤碣石间。
校尉羽书飞瀚海,单于猎火照狼山。
山川萧条极边土,胡骑凭陵杂风雨。
战士军前半死生,美人帐下犹歌舞!
大漠穷秋塞草腓,孤城落日斗兵稀。
身当恩遇常轻敌,力尽关山未解围。
铁衣远戍辛勤久,玉箸应啼别离后。
少妇城南欲断肠,征人蓟北空回首。
边庭飘飖那可度,绝域苍茫无所有!
杀气三时作阵云,寒声一夜传刁斗。
相看白刃血纷纷,死节从来岂顾勋?
君不见沙场征战苦,至今犹忆李将军!

黄鹤楼

黄鹤楼(1)

[唐]崔颢

昔人已乘黄鹤去(2),此地空余黄鹤楼(3)。
黄鹤一去不复返(4),白云千载空悠悠(5)。
晴川历历汉阳树(6),芳草萋萋鹦鹉洲(7)。
日暮乡关何处是(8)?烟波江上使人愁。

【注释】

　　(1)黄鹤楼:故址在湖北省武汉市武昌区,最早三国时期吴国的军事瞭望楼,后改为民用。历史上屡次被战火损毁,最近一次是清代光绪年间,1985年重建。

(2)昔人:指传说中骑黄鹤的仙人。乘:驾。去:离开。

(3)空:只。

(4)返:返回。

(5)悠悠:飘荡的样子。

(6)晴川:晴日里的原野。历历:清楚可数。汉阳:地名,现在湖北省武汉市汉阳区,与黄鹤楼隔江相望。

(7)萋萋:形容草木长得茂盛。鹦鹉洲:在湖北省武汉市西南长江中。

(8)乡关:故乡。

[赏析]

中国古代诗文中写名胜古迹的佳作不少,但能将自然景观与文化遗迹完美结合的,当属崔颢的《黄鹤楼》。以至于大才子李白都甘拜下风,传说留下了"眼前有景道不得,崔颢题诗在上头"的感慨。南宋著名的评论家严羽认为:"唐人七言律诗,当以崔颢《黄鹤楼》为第一。"

这首诗为什么千百年来令读者倾倒,为评论家所推崇,它的魅力究竟何在?要深层次地诠释此诗,就必须深入了解崔颢其人,了解诗人写作此诗的背景。据《新唐书》记载,年轻时候的崔颢"有文无行",爱赌博,爱喝酒,好色,动不动就休妻,早期的诗作风格也多半轻薄尘下。后从军边塞,边塞艰苦的戎旅生涯,使他一洗少年时的浮华习气。而战争必然带来的死亡,又迫使诗人直面人生的无常,并由此引发对生命的困惑和思考。开元后期诗人出使河东军幕的真切体验,天宝后仕途不顺与远离家园的落拓漂泊,都促使步入中年的他对人生、对生命有了更深刻的反思和体悟。

"昔人已乘黄鹤去,此地空余黄鹤楼。黄鹤一去不复返,白云千载空悠悠。"诗歌的开头没有止于写景,而是从眼前的黄鹤楼转向古老的神话传说,一下子把读者带入一个陌生而神秘的境界。金圣叹曾说:"'昔人已乘黄鹤去'是忆昔人,'黄鹤一去不复返'是想昔人,'白云千载空悠悠'是望昔人。"诗人为什么对昔人又忆又想又望呢？诗人官场失意，自然转向退隐，欲超脱尘世，因而艳羡古人可以随心所欲，得道升仙。然而，现实始终无法超越，成仙愿望落空，免不得落寞哀怨。唐代道教盛行，"尊崇道教"的时代文化背景在诗人笔端心底潜意识发而为文，便有了《黄鹤楼》的开头。这两联可谓大开大合，令读者在大跨度的时空转换中体验到一种强烈的情绪冲击。

"晴川历历汉阳树，芳草萋萋鹦鹉洲"，诗人再次将读者拉回到现实世界。他站在黄鹤楼头，极目远眺，对岸的汉阳一马平川，晴朗的天空下，岸上的参天大树清晰可辨。眼前豁然开朗的景致，恢宏而壮阔，但带给诗人的却是千般愁绪，万端感慨。诗人见树而生愁，愁不可解，无法释怀。显然，诗人在此暗用了"桓温见树伤怀"的典故。《世说新语·言语》载："桓公北征，经金城，见前为琅邪时种柳，皆已十围，慨然曰：'木犹如此，人何以堪！'攀枝执条，泫然流泪。"桓温见柳树而伤心，恨岁月流逝太快，不能追回。崔颢心通古人，触物兴感，慨叹岁月蹉跎，人生短促，满腔抱负尚未实现，惆怅之情溢于言表。

置身这样的景致，诗人不禁五味杂陈、百感交集，他突然笔锋一转，从对历史和眼前美景的吟咏，一下转到对故乡的思念和对人生境遇的感叹："日暮乡关何处是，烟波江上使人愁。"

崔颢在黄鹤楼上，究竟在"愁"什么呢？

这里的愁，既有报国无门、功业无成的无奈，又有怀才不遇的忧伤、人生短暂的迷惘，更有游子迁客思恋故土的乡愁。如果再看得深刻一些、飘逸一些，你会发现这里的"愁"包含着诗人意欲超越生命个体的探索，这样理解，"乡关"就不仅仅指代"故乡"，更应该喻指精神之家园、灵魂之归宿，诗歌的主旨也就超越了一般的怀古思乡之作，表达的是诗人在时间的流逝、生命的无常中如何才能寻觅到灵魂之乡的思考和探寻。崔颢这首《黄鹤楼》在《唐诗三百首》七律中被列为第一名真是实至名归的。

[思考与练习]

1. 请诵读《黄鹤楼》。
2. "晴川历历汉阳树，芳草萋萋鹦鹉洲"是该诗的点睛之笔，请分析此联运用了怎样的艺术手法，表达了怎样的思想感情？
3. 民间流传小故事，李白登临黄鹤楼曾言："眼前有景道不得，崔颢题诗在上头。"细读全诗，结合你的人生感悟谈谈你对这首诗歌主旨的理解。

拓展阅读

登千古名楼而不能赋诗留墨，李白终究还有些耿耿于心。后来，李白登临金陵凤凰台古迹，有心赋诗与崔颢一争高下，于是便模仿崔颢的《黄鹤楼》写了一首诗，也就是大家熟悉的《登金陵凤凰台》，从而开创了"金陵怀古"咏史诗的先河。当然，登过黄鹤楼的不止崔颢、李白，还有孟浩然、刘禹锡、辛弃疾、陆游、岳飞……此外，孙权、张之洞等历史名人以及伟大领袖毛泽东，他们与黄鹤楼、与武汉，都有千丝万缕的联系。

登金陵凤凰台

［唐］李白

凤凰台上凤凰游，凤去台空江自流。
吴宫花草埋幽径，晋代衣冠成古丘。
三山半落青天外，二水中分白鹭洲。
总为浮云能蔽日，长安不见使人愁。

黄鹤楼

［宋］陆游

手把仙人绿玉枝，吾行忽及早秋期。
苍龙阙角归何晚，黄鹤楼中醉不知。
江汉交流波渺渺，晋唐遗迹草离离。
平生最喜听长笛，裂石穿云何处吹。

菩萨蛮·黄鹤楼

毛泽东

茫茫九派流中国，沉沉一线穿南北。烟雨莽苍苍，龟蛇锁大江。
黄鹤知何去？剩有游人处。把酒酹滔滔，心潮逐浪高！

蜀道难[1]

[唐] 李白

蜀道难

噫吁嚱[2]！危乎高哉！
蜀道之难，难于上青天。
蚕丛及鱼凫[3]，开国何茫然[4]！
尔来四万八千岁[5]，不与秦塞通人烟[6]。
西当太白有鸟道[7]，可以横绝峨眉巅[8]。
地崩山摧壮士死[9]，然后天梯石栈相钩连[10]。
上有六龙回日之高标[11]，下有冲波逆折之回川[12]。
黄鹤之飞尚不得过[13]，猿猱欲度愁攀援[14]。
青泥何盘盘[15]！百步九折萦岩峦[16]。
扪参历井仰胁息[17]，以手抚膺坐长叹[18]。
问君西游何时还[19]，畏途巉岩不可攀[20]。
但见悲鸟号古木[21]，雄飞雌从绕林间。
又闻子规啼夜月[22]，愁空山。
蜀道之难，难于上青天！使人听此凋朱颜[23]。
连峰去天不盈尺[24]，枯松倒挂倚绝壁。
飞湍瀑流争喧豗[25]，砯崖转石万壑雷[26]。
其险也如此，嗟尔远道之人胡为乎来哉[27]？
剑阁峥嵘而崔嵬[28]，一夫当关[29]，万夫莫开。
所守或匪亲[30]，化为狼与豺。
朝避猛虎，夕避长蛇。磨牙吮血[31]，杀人如麻。
锦城虽云乐[32]，不如早还家。
蜀道之难，难于上青天，侧身西望长咨嗟[33]。

[注释]

（1）《蜀道难》是乐府旧题，言山之险阻。李白根据这一诗题传统的内容，以雄壮奔放的笔调，运用夸张形容的手法，描绘了由秦入蜀道路上惊险而奇丽的山川，表现了诗人丰富的想象力和杰出的艺术才能。

（2）噫（yī）吁（xū）嚱（xī）：三个字都是惊叹词，蜀地方言，表示惊讶的声音。

（3）蚕丛、鱼凫（fú）：传说中古蜀国开国的两位国王的名字。

（4）茫然：渺茫遥远的样子，意思是远古的事迹，无法详细说。

（5）尔来：从那时以来，即从蚕丛、鱼凫建国以来。

（6）秦塞：指秦地。塞，山川险阻之处。通人烟：人员往来。

（7）西当：西对。当：对着，向着。太白：太白山，在长安西（今陕西眉县、太白县一带）。鸟道：指连绵高山险仄的山路，只有鸟能飞过，人迹所不能至。

（8）横绝：横度。峨眉巅：峨眉山的顶峰。

（9）摧：倒塌。

（10）天梯：非常高峻陡峭的山路。石栈：在山崖上凿石架木搭建的栈道。

（11）六龙回日：是指山的高峻险阻。这里借用了古代神话，传说羲和驾着六龙所拉的车子载着太阳在空中运行，到了这里都要为之回车。高标：指蜀山中可作一方之标识的最高峰。

（12）冲波：水流冲击腾起的波浪，这里指激流。逆折：水流回旋。回川：有漩涡的河流。

（13）黄鹤：黄鹄（hú），善飞的大鸟。

（14）猿猱（náo）：蜀山中最善攀援的猴类。

（15）青泥：青泥岭，在今甘肃徽县南，陕西略阳县北。盘盘：曲折回旋的样子。此句意为，由秦入蜀，经过青泥岭时，转来转去都是山峰。

（16）百步九折：在极短的路程内，都要转很多弯。"百"和"九"都是虚数。萦（yíng）：盘绕。

（17）扪（mén）参（shēn）历井：参、井是二星宿名。古人把天上的星宿分别指配于地上的州国，叫作"分野"，以便通过观察天象来占卜地上所配州国的吉凶。参宿为秦国之分野，井宿为蜀国之分野，由参到井，是由秦入蜀的星空。扪：用手摸。历：经过。胁息：屏气不敢呼吸。

（18）膺：胸。坐：徒，空。

（19）君：入蜀的人。下同。

（20）畏途：可怕的路途。巉（chán）岩：险恶陡峭的山壁。

（21）但见：只听见。号古木：在古树木中大声啼鸣。

（22）子规：即杜鹃鸟，蜀地最多，春末出现，啼声哀婉动人，若云"不如归去"。

(23) 凋朱颜：红润的容颜为之憔悴，如花凋谢。凋，使动用法，使……凋谢。

(24) 去：距离。盈：满。

(25) 飞湍（tuān）：飞奔而下的急流。喧豗（huī）：喧闹声，这里指急流和瀑布发出的巨大响声。

(26) 砯（pīng）崖：水撞岩石之声。砯，水冲击石壁发出的响声，这里作动词用，冲击的意思。转：使滚动。壑：山谷。

(27) 嗟：感叹声。尔：你。胡为：为什么。来：指入蜀。

(28) 剑阁：又名剑门关，在四川剑阁县北，是大、小剑山之间的一条栈道，长约三十里。峥嵘、崔嵬：都是形容山势高大雄峻的样子。

(29) 当关：守关。

(30) 所守：指把守关口的人。或匪亲：倘若不是可信赖的人。匪，同"非"。

(31) 吮：吸。

(32) 锦城：今四川成都市。成都古代以产锦闻名，朝廷曾经设官于此，专收锦织品，故称"锦城"或"锦官城"。

(33) 咨嗟：叹息。

[赏析]

　　这首诗大约写于天宝初年李白初到长安时，意在送友人入蜀。《蜀道难》是李白最富浪漫主义色彩的作品，可以说是李白的代表作，也是成名作。

　　《蜀道难》是乐府古题，历史上有很多诗人以此题做诗，大多侧重于巴蜀之地路途艰辛。李白则以"噫吁嚱！危乎高哉！蜀道之难，难于上青天！"这样极其夸张的开场来进行展现，成为蜀道难行的历史标杆。开篇的这句被惊为天人的感叹，奠定了全诗雄浑奔放的基调，诗人展开丰富瑰丽的想象，大气磅礴地再现了秦蜀道路上奇崛险丽的山川，读来让人荡气回肠。据说贺知章读至《蜀道难》时颇为欣赏，脱口夸赞："子谪仙人也。"

　　诗人充满激情地将想象、夸张和神话传说融进诗歌创作之中，写景抒情极富浪漫主义色彩："青泥何盘盘，百步九折萦岩峦"，区区一百步的山路就要拐九道弯，青泥岭的曲折蜿蜒呼之欲出；"剑阁峥嵘而崔嵬，一夫当关，万夫莫开"，以一人之力可以抵挡千军万马的进犯，这样的对比，更可以凸显出地势险要的剑阁之易守难攻；"连峰去天不盈尺""砯崖转石万壑雷"，巍峨的山峰和天空之间近在咫尺，瀑布从高高的山上冲下来，撞击巨石的声音如同在万千山谷中回荡一般，振聋发聩。诗歌极尽夸张，从多个角度写出"蜀道之难"如何"难于上青天"。

　　诗歌以夸张的笔墨写出了历史上不可逾越的险阻，并融汇了蚕丛开国、五丁开山、子规啼血、六龙回日等神话传说，点染了神奇的色彩，非常引人入胜。《蜀王本纪》中记载了一个关于蜀道的神话。据说当年秦惠王时，蜀王部下有五个大力士，称为"五丁力士"。他们力大无穷。秦惠王送给蜀王五位美女，蜀王就命五丁力士移山开路，迎娶美女。在回来的路上，一条大蛇蹿入山洞，五丁力士上前拉住蛇尾，用力往外拖，忽然地动山摇，山岭崩塌，压死了五丁力士。秦国的美女们奔上山去，化为石人。这个神话，反映古代劳动人民，为了凿山开路，牺牲了不少人,才终于打开了秦蜀的通道。李白运用这个神话的母题,写出"地崩山摧壮士死,然后天梯石栈相钩连",借用五丁力士的神话传说,历数蜀道的起源是多么来之不易。

"上有六龙回日之高标,下有冲波逆折之回川",山高接天,甚至挡住了太阳神的马车的去路,山下则是曲折回旋的大河,极为险要。李白用诗歌勾勒了一组蒙太奇镜头:开始是山峦起伏、连峰接天的远景画面;接着平缓地推成枯松倒挂绝壁的特写;而后,跟踪而来的是一组快镜头,飞湍、瀑流、悬崖、转石,配合着万壑雷鸣的音响,飞快地从眼前闪过,惊险万状,目不暇接,从而造成一种势若排山倒海的强烈艺术效果,使蜀道之难的描写,简直达到了登峰造极的地步,生动地写出蜀道的艰难险阻。

李白以前的《蜀道难》作品,多简短单薄。李白的《蜀道难》用了大量散文化诗句,字数从三言、四言、五言、七言,直到十一言,参差错落,长短不齐,形成极为奔放的语言风格。更为难得的是,李白以变化莫测的笔法,淋漓尽致地刻画了蜀道之难,艺术地展现了古老蜀道逶迤、峥嵘、高峻、崎岖的面貌,描绘出一幅色彩绚丽的山水画卷,诗中那些动人的景象如今读来仍如历历在目。

[思考与练习]

1. 请学习并吟诵《蜀道难》。
2. 李贺是中唐浪漫主义诗人的代表,请阅读李贺的诗歌,比较李白和李贺诗风的异同。
3. 请大胆运用想象和夸张的写作手法,以自己游览名山大川的感受为主题,仿《蜀道难》写4句古诗。

拓展阅读

唐朝中期诗人李贺,是继李白之后,中国文学史上又一位颇享盛誉的浪漫主义诗人。他的诗作想象极为丰富,善用神话传说,托古寓今,后人誉之"诗鬼"。

金铜仙人辞汉歌

[唐]李贺

魏明帝青龙元年八月,诏宫官牵车西取汉孝武捧露盘仙人,欲立置前殿。宫官既拆盘,仙人临载,乃潸然泪下。唐诸王孙李长吉遂作《金铜仙人辞汉歌》。

茂陵刘郎秋风客,夜闻马嘶晓无迹。
画栏桂树悬秋香,三十六宫土花碧。
魏官牵车指千里,东关酸风射眸子。
空将汉月出宫门,忆君清泪如铅水。

衰兰送客咸阳道,天若有情天亦老。
携盘独出月荒凉,渭城已远波声小。

李凭箜篌引

[唐] 李贺

吴丝蜀桐张高秋,空山凝云颓不流。
江娥啼竹素女愁,李凭中国弹箜篌。
昆山玉碎凤凰叫,芙蓉泣露香兰笑。
十二门前融冷光,二十三丝动紫皇。
女娲炼石补天处,石破天惊逗秋雨。
梦入神山教神妪,老鱼跳波瘦蛟舞。
吴质不眠倚桂树,露脚斜飞湿寒兔。

蜀相

[唐] 杜甫

丞相祠堂何处寻(1)?锦官城外柏森森(2)。
映阶碧草自春色(3),隔叶黄鹂空好音(4)。
三顾频烦天下计(5),两朝开济老臣心(6)。
出师未捷身先死(7),长使英雄泪满襟(8)。

蜀相

[注释]

(1)丞相祠堂:即诸葛武侯祠,在现在成都,晋李雄初建。
(2)柏(bǎi)森森:柏树茂盛繁密的样子。
(3)自春色:兀自美丽,无人欣赏。
(4)空好(hǎo)音:空,白白的意思。(黄鹂)白白叫出好听的声音。
(5)三顾频烦天下计:意思是刘备为统一天下而三顾茅庐,问计于诸葛亮。这是在赞美诸葛亮在对策中所表现的天才预见。频烦,犹"频繁",多次。
(6)两朝:指诸葛亮辅助刘备开创帝业,后又辅佐其子刘禅。开济:开,开创;济,扶助。

(7)出师未捷：出师还没有取得最后的胜利。指诸葛亮多次出兵伐魏，未能取胜，至蜀建兴十二年（234）卒于五丈原（今陕西岐山东南）军中。

(8)英雄：后世英雄，这里泛指包括诗人自己在内的追怀诸葛亮的有志之士。

[赏析]

《蜀相》大约创作于唐肃宗上元元年（760）春天，杜甫"初至成都时作"。蜀相是指三国蜀汉丞相诸葛亮（字孔明）。唐肃宗乾元二年（759）十二月，杜甫结束了为时四年的寓居秦州、同谷（今甘肃省成县）的颠沛流离的生活，到了成都，在朋友资助下，定居在浣花溪畔。唐肃宗上元元年春天，他探访了诸葛武侯祠，写下了这首感人肺腑的千古绝唱。

唐 杜甫

丞相祠堂何处寻？锦官城外柏森森。
映阶碧草自春色，隔叶黄鹂空好音。
三顾频烦天下计，两朝开济老臣心。
出师未捷身先死，长使英雄泪满襟。

杜甫的七律名作《蜀相》，在历代咏赞诸葛亮的诗篇中，堪称绝唱。"丞相祠堂"，今称武侯祠，在成都市南郊。成都是三国时期蜀汉的都城，诸葛亮在这里主持国政二十余年，立下了勋业。晋代李雄在成都称王时为他建立了祠堂。"锦官城"，是古代成都的别称，成都产蜀锦，所以又称成都为锦官城、锦城。武侯祠前有大柏树，长得高大茂密，相传是诸葛亮亲手栽种。

首联两句，一问一答，一开一合，非常巧妙。特意不称"蜀相"，而用"丞相"二字，使人感到非常亲切。一个"寻"字，有力表现出杜甫对诸葛亮的强烈景仰和缅怀之情，并因人而及物，同时表明丞相祠堂是诗人渴望已久、很想瞻仰的地方。这两句开门见山，用的是记叙兼描述的笔墨。

颔联"映阶碧草自春色，隔叶黄鹂空好音"，诗人步入祠堂后情感发生了急剧变化，"寻"的结果是祠堂寂寥冷清，几乎无人问津，诗人内心无比悲痛。诗中描绘春景非常明艳，但因无人赏玩，显得更加寂寥。"自春色""空好音"的叹息，是对英雄长逝、遗迹荒落的哀叹。诗人将自己的主观情意渗进了客观景物之中，使景中生情，把自己内心的忧伤从景物描写中传达出来，显得感情更加诚挚浓郁。

诗的后四句由感物到思人，浓墨重彩回顾了诸葛亮一生的事业历程，并对他进行了高度评价。颈联"三顾频烦天下计，两朝开济老臣心"，前一句让人想起"三顾茅庐"和"隆中决策"，后一句更令人怀念诸葛亮辅佐先主刘备、后主刘禅两朝，取两川、建蜀汉、白帝托孤、六出祁山和病死五丈原等感人事迹。"天下计"推崇其匡时雄略,"老臣心"赞扬其报国忠诚。一般来说,诗歌的显著特征是抒情,很少夹有议论。杜甫却有意打破常规,以议论入诗,这不仅使他的诗歌内容别具一格,还体现了诗人的匠心独运。

尾联"出师未捷身先死,长使英雄泪满襟",可惜啊,出师伐魏,还没取得胜利,就病亡军中,永远让后代英雄们掬一把同情泪!这两句是让后人最为感动的名句。"出师"指的是诸葛亮为了伐魏,曾经六出祁山的事。蜀汉后主建兴十二年(234),他统率大军,后出斜谷,占据了五丈原,与司马懿隔着渭水相持了一百多天。八月,病死军中,壮志未酬,抱憾而终。杜甫认为这不仅是诸葛亮个人的遗恨,也是古往今来无数失意英雄的惺惺相惜,当然也蕴含了诗人自己在国难之际,报国无门、壮志难酬的哀叹。

《蜀相》话语奇简,但容量颇大,具有高度的概括力,短短五十六字,诉尽诸葛亮生平和功绩。后代的读者吟诵这首诗时,对诸葛亮的崇敬之情油然而生。特别是读到"出师未捷身先死,长使英雄泪满襟"二句时,往往不禁黯然泪下,具有极强的感染力。全诗融写景、抒情、议论于一体,既有对历史的评说,又有现实的寓托,笔墨挥洒淋漓、感情真挚、浑然天成,充分体现了杜甫诗歌"沉郁顿挫"的风格。

〔思考与练习〕

1. 学习并吟诵《蜀相》。
2. 请分析《蜀相》是如何巧妙借景抒情的。结合具体景物,试着仿写一联。
3. 请查阅诸葛亮的生平故事,与同学分享你了解到的诗中"三顾频烦天下计""两朝开济老臣心""出师未捷身先死"等诗句中蕴含的历史故事。

拓展阅读

诸葛亮,字孔明,号卧龙。三国时期蜀汉丞相,杰出的政治家、军事家、散文家、书法家、发明家。他文传千古,武能定国。他安抚百姓、遵守礼制、约束官员、慎用权力,对人开诚布公、胸怀坦诚。但这样一位忠心耿耿的全才却没有实现"还于旧都"的承诺和理想。他的聪明才智激励着历代文人,他的人生悲剧也让每位探访武侯祠的人感喟不已。

八阵图

[唐]杜甫

功盖三分国,名成八阵图。
江流石不转,遗恨失吞吴。

武侯庙古柏

［唐］李商隐

蜀相阶前柏，龙蛇捧閟宫。
阴成外江畔，老向惠陵东。
大树思冯异，甘棠忆召公。
叶凋湘燕雨，枝拆海鹏风。
玉垒经纶远，金刀历数终。
谁将出师表，一为问昭融。

书愤

［宋］陆游

早岁那知世事艰，中原北望气如山。
楼船夜雪瓜洲渡，铁马秋风大散关。
塞上长城空自许，镜中衰鬓已先斑。
出师一表真名世，千载谁堪伯仲间！

琵琶行

［唐］白居易

琵琶行

　　元和十年，予左迁九江郡司马(1)。明年秋，送客湓浦口，闻舟中夜弹琵琶者，听其音，铮铮然有京都声(2)。问其人，本长安倡女(3)，尝学琵琶于穆、曹二善才(4)，年长色衰，委身为贾人妇(5)。遂命酒(6)，使快弹数曲(7)。曲罢悯然，自叙少小时欢乐事，今漂沦憔悴(8)，转徙于江湖间。予出官二年(9)，恬然自安(10)，感斯人言，是夕始觉有迁谪意(11)。因为长句(12)，歌以赠之(13)，凡六百一十二言(14)，命曰《琵琶行》(15)。

浔阳江头夜送客(16)，枫叶荻花秋瑟瑟(17)。
主人下马客在船(18)，举酒欲饮无管弦。
醉不成欢惨将别，别时茫茫江浸月。
忽闻水上琵琶声，主人忘归客不发。

寻声暗问弹者谁？琵琶声停欲语迟。
移船相近邀相见，添酒回灯重开宴[19]。
千呼万唤始出来，犹抱琵琶半遮面。
转轴拨弦三两声，未成曲调先有情。
弦弦掩抑声声思[20]，似诉平生不得志[21]。
低眉信手续续弹[22]，说尽心中无限事。
轻拢慢捻抹复挑[23]，初为《霓裳》后《六幺》[24]。
大弦嘈嘈如急雨[25]，小弦切切如私语[26]。
嘈嘈切切错杂弹，大珠小珠落玉盘。
间关莺语花底滑[27]，幽咽泉流冰下难[28]。
冰泉冷涩弦凝绝[29]，凝绝不通声暂歇。
别有幽愁暗恨生[30]，此时无声胜有声。
银瓶乍破水浆迸[31]，铁骑突出刀枪鸣。
曲终收拨当心画[32]，四弦一声如裂帛[33]。
东船西舫悄无言[34]，唯见江心秋月白。
沉吟放拨插弦中，整顿衣裳起敛容[35]。
自言本是京城女，家在虾蟆陵下住[36]。
十三学得琵琶成，名属教坊第一部[37]。
曲罢曾教善才服，妆成每被秋娘妒[38]。
五陵年少争缠头[39]，一曲红绡不知数[40]。
钿头银篦击节碎[41]，血色罗裙翻酒污。
今年欢笑复明年，秋月春风等闲度[42]。
弟走从军阿姨死，暮去朝来颜色故[43]。
门前冷落鞍马稀，老大嫁作商人妇。
商人重利轻别离，前月浮梁买茶去[44]。
去来江口守空船[45]，绕船月明江水寒。
夜深忽梦少年事，梦啼妆泪红阑干[46]。
我闻琵琶已叹息，又闻此语重唧唧[47]。
同是天涯沦落人，相逢何必曾相识！
我从去年辞帝京，谪居卧病浔阳城。
浔阳地僻无音乐，终岁不闻丝竹声[48]。
住近湓江地低湿，黄芦苦竹绕宅生。
其间旦暮闻何物[49]？杜鹃啼血猿哀鸣。
春江花朝秋月夜，往往取酒还独倾。
岂无山歌与村笛？呕哑嘲哳难为听[50]。
今夜闻君琵琶语[51]，如听仙乐耳暂明[52]。
莫辞更坐弹一曲，为君翻作琵琶行。

感我此言良久立，却坐促弦弦转急⁽⁵³⁾。
凄凄不似向前声⁽⁵⁴⁾，满座重闻皆掩泣⁽⁵⁵⁾。
座中泣下谁最多？江州司马青衫湿⁽⁵⁶⁾。

〔注释〕

（1）左迁：贬官，降职。与下文所言"迁谪"同义。古人尊右卑左，故称降职为左迁。

（2）铮铮：形容金属、玉器等相击声。京都声：指唐代京城流行的乐曲声调。

（3）倡女：歌女。倡，古时歌舞艺人。

（4）善才：当时对琵琶师或曲师的通称，是"能手"的意思。

（5）委身：托身，这里指嫁的意思。为：做。贾（gǔ）人：商人。

（6）命酒：叫（手下人）摆酒。

（7）快：畅快。

（8）漂（piāo）沦：漂泊沦落。

（9）出官：（京官）外调。

（10）恬然：淡泊宁静的样子。

（11）迁谪（zhé）：贬官降职或流放。

（12）为（wéi）：创作。长句：指七言诗。

（13）歌：作歌，动词。

（14）凡：总共。六百一十二：当为"六百一十六"之误。言：字。

（15）命：命名，题名。

（16）浔阳江：据考证，为流经浔阳城中的溢水，即今江西省九江市中的龙开河（已被人工填埋），经溢浦口注入长江。

（17）荻（dí）花：多年生草本植物，生在水边，叶子长形，似芦苇，秋天开紫花。瑟瑟：形容枫树、芦荻被秋风吹动的声音。

（18）主人：诗人自指。

（19）回灯：重新拨亮灯光，一作"移灯"。

（20）掩抑：掩蔽，遏抑。思：悲伤的情思。

（21）不得志：一作"不得意"。

（22）信手：随手。续续弹：连续弹奏。

（23）拢：左手手指按弦向里（琵琶的中部）推。捻（niǎn）：揉弦的动作。抹：顺手下拨的动作。挑：反手回拨的动作。

（24）霓裳（cháng）：曲名，即《霓裳羽衣曲》，本为西域乐舞，唐开元年间西凉节度使杨敬述依曲创声后流入中原。六幺：当时京城流行的曲调名。本名《录要》（就乐工所进曲调，录要成谱，因以为名），后讹为《六幺》或《绿腰》。

（25）大弦：琵琶上最粗的弦。嘈嘈：声音沉重舒长。

（26）小弦：琵琶上最细的弦。切切：形容声音急切细碎。

（27）间关：象声词，这里形容"莺语"声（鸟鸣婉转）。

（28）幽咽：遏塞不畅状。冰下难：泉流冰下阻塞难通，形容乐声由流畅变为冷涩。难，与滑相对，有涩之意。一作"水下滩"。

（29）凝绝：凝滞。凝，一作"疑"。

（30）暗恨：内心的怨恨。

（31）迸：溅射。

（32）曲终：乐曲结束。当心画：用拨子在琵琶的中部划过四弦，是一曲结束时经常用到的右手手法。

（33）帛：古时对丝织品的总称。

（34）船：一作"舟"。舫：船。

（35）敛容：收敛（深思时悲愤深怨的）面部表情。

（36）虾（há）蟆陵："虾"通"蛤"。在长安城东南，曲江附近，是当时有名的游乐地区。

（37）教坊：唐代管理宫廷乐队的官署。第一部：如同说第一团、第一队。

（38）秋娘：唐时歌舞伎常用的名字。泛指当时貌美艺高的歌伎。

（39）五陵：在长安城外，指长陵、安陵、阳陵、茂陵、平陵五个汉代皇帝的陵墓，是当时富豪贵族居住的地方。缠头：用锦帛之类的财物送给歌伎舞女。指古代赏给歌舞女子的财礼，唐代用帛，后代用其他财物。

（40）绡：精细轻美的丝织品。红绡：一种生丝织物。

（41）钿（diàn）头：两头装着花钿的发篦。银篦（bì）：一说"云篦"，用金属珠宝装点的发饰。击节：打拍子。歌舞时打拍子原本用木制或竹制的板。

（42）等闲：随随便便，不重视。

（43）颜色故：容貌衰老。

（44）浮梁：古县名，唐属饶州。在今江西省景德镇市，盛产茶叶。

（45）去来：离别后。来，语气词。

（46）梦啼妆泪：梦中啼哭，匀过脂粉的脸上带着泪痕。一作"啼妆泪落"。红阑干：泪水融和脂粉流淌满面的样子。

（47）重：重新，重又之意。唧唧：叹息声。

（48）终岁：整年。

（49）旦暮：早晚。

（50）呕（ōu）哑（yā）：拟声词，形容单调的乐声。嘲（zhāo）哳（zhā）：形容声音繁杂，也作"嘲哳"。

（51）琵琶语：琵琶声，琵琶所弹奏的乐曲。

（52）暂：突然，一下子。

（53）却坐：退回到原处。促弦：把弦拧得更紧。

（54）向前声：刚才奏过的曲调。

（55）掩泣：掩面哭泣。

（56）青衫：唐朝八品、九品文官的服色。白居易当时的职位是州司马，官阶是将侍郎，从九品，所以服青衫。

〔赏析〕

　　中唐杰出诗人白居易的长篇叙事诗《琵琶行》之所以能产生经久不衰的艺术魅力，其奥秘就在于琵琶女不幸的生活和命运深深感染、震撼了白居易，唤起了他深埋心底、刻骨难忘的生命之痛，从而产生了强烈的感情共鸣。这份共鸣既有音乐艺术层面的，也有人生境遇层面的，更有内在感情层面的。正是这份共鸣使得萍水相逢的他们相识、相知、相怜、相惜，共同奏响了一首绵延千年的诗歌绝唱。

　　《琵琶行》开篇，白居易秋夜浔阳江边送别友人，琵琶女孤身飘零于江船之上，两个本不会有交集的陌路人却在溢浦江上因音乐而结缘。音乐曾是白居易生活中的重要内容，"谪居卧病浔阳城"的他一直渴望能有悦耳、高雅的音乐来疗伤，清心，治病，但却求之不得，因此当这天籁一般的琵琶声飘入诗人耳中的时候，他惊喜万分，热情地"移船相近邀相见，添酒回灯重开宴"，希望能一饱耳福。独守孤舟的琵琶女面对这久违了的邀请，迟疑不决，但盛情难却，故"千呼万唤始出来，犹抱琵琶半遮面"。琵琶女调弦试音，为眼前的陌生人弹奏琵琶曲。"转轴拨弦三两声，未成曲调先有情。弦弦掩抑声声思，似诉平生不得志。低眉信手续续弹，说尽心中无限事。"诗人发现琵琶女调琴试音之际，曲调未成，情泻指尖。正式演奏过程中，音乐旋律时而婉转圆润，时而幽咽凝涩，时而又激越高昂，直至戛然而止，这复杂变化的旋律里饱蘸着琵琶女内心深处浪涛般起伏不平的感情。这种技艺和感情完美交融的演奏，把久不闻丝竹之声的诗人带入了一个美妙无比的音乐世界，让听众们如醉如痴。"东船西舫悄无言，唯见江心秋月白。"至此，音乐艺术的对话与共鸣消弭了两个陌生人之间的隔膜与尴尬，缩短了他们的心理距离，使得萍水相逢的他们敞开心扉，互诉衷情。

　　曲意已达，心意已通。琵琶女深知，眼前陌生的听众远不同于当年重色轻艺的京城"五陵年少"，他是"善听"的知音。所以她"沉吟放拨插弦中，整顿衣裳起敛容"，敞开心扉，向诗人诉说郁积心中、无处倾诉的人生不幸和伤痛。琵琶女的不幸命运唤起了白居易对自己贬谪落魄身世的回忆，触动了诗人内心不敢碰触的伤痛。作为一个敢于"为民请命"的官吏，一个正直而语切的知识分子，白居易在十多年的为官生活中始终坚持"有阙必规，有违必谏"。他的这种主张和坚守不可避免地会触动当朝统治者及权贵的利益，也必然会遭到他们的仇视和打击，而这对心怀兼济之志的诗人无疑是生命的重创和弃置。他在《琵琶行》序中所说的"予出官二年，恬然自安，感斯人言，是夕始觉有迁谪意"，只不过是掩饰内心愤懑、表面旷达的话而已。政治生活的不幸和坎坷郁积在心中，欲吐而不能吐，欲语而无处语。今夜，江船之上，终于可以倾诉了，诗人毫无保留地道出了心中的苦痛、愤懑，发出了"同是天涯沦落人，相逢何必曾相识"的慨叹。这声来自心灵深处的慨叹，不仅是诗人对琵琶女不幸遭遇的深切同情，更是他对自己坎坷命运的无奈叹惋。相似的命运遭际使诗人的心弦和琵琶女一齐颤动，两个沦落的生命在人生境遇的共鸣中相知相怜，惺惺相惜！

诗人再次挽留琵琶女，真诚地邀请她"莫辞更坐弹一曲"。琵琶女感激诗人对自己的厚意，即兴发挥，弹出了更为激越的音乐，使得满座为之动容，潸然泪下。但白居易并非普通听众，琵琶女"凄凄不似向前声"的琴声对他而言激起的不是单纯的感动，而是"天涯沦落者"无助、孤寂、悲哀、愤懑等复杂情感的深层次共鸣。他从被贬江州司马后就一直蓄积、压抑在心中，一直没能找到宣泄出口的深沉情感，一旦被琵琶女凄凉、忧伤、急促的琵琶声激发和唤起，就如涌泉一样喷薄而出，"座中泣下谁最多，江州司马青衫湿"。《琵琶行》在诗人与琵琶女感情共鸣的高潮中戛然而止，此时的共鸣是诗人与琵琶女之间更深层的共鸣，是全诗最具感染力、最能撼动读者心灵的共鸣。

[思考与练习]

1. 请诵读《琵琶行》。
2. 请概括诗人和琵琶女在音乐艺术层面、人生境遇层面及内在感情层面是如何产生共鸣的。
3. 这首诗最令人称道的是对琵琶乐声的描写，请分析白居易运用了哪些方法来描写音乐。

拓展阅读

在《琵琶行》之前，白居易还创作过一首短篇叙事诗——《夜闻歌者》。两首诗的主旨很接近，但后者手法远较前者简练、含蓄，读来感情真挚，哀婉凄凉。唐人音乐诗较著名者，除《琵琶行》外，还有李贺的《李凭箜篌引》、韩愈的《听颖师弹琴》、李颀的《听董大弹胡笳声兼寄语弄房给事》和李白的《听蜀僧濬弹琴》。篇篇不同，可谓各有千秋。

听董大弹胡笳声兼寄语弄房给事

[唐] 李颀

蔡女昔造胡笳声，一弹一十有八拍。
胡人落泪沾边草，汉使断肠对归客。

古戍苍苍烽火寒,大荒沈沈飞雪白。
先拂商弦后角羽,四郊秋叶惊摵摵。
董夫子,通神明,深松窃听来妖精。
言迟更速皆应手,将往复旋如有情。
空山百鸟散还合,万里浮云阴且晴。
嘶酸雏雁失群夜,断绝胡儿恋母声。
川为静其波,鸟亦罢其鸣。
乌孙部落家乡远,逻娑沙尘哀怨生。
幽音变调忽飘洒,长风吹林雨堕瓦。
迸泉飒飒飞木末,野鹿呦呦走堂下。
长安城连东掖垣,凤凰池对青琐门。
高才脱略名与利,日夕望君抱琴至。

夜闻歌者

[唐] 白居易

夜泊鹦鹉洲,秋江月澄澈。
邻船有歌者,发调堪愁绝。
歌罢继以泣,泣声通复咽。
寻声见其人,有妇颜如雪。
独倚帆樯立,娉婷十七八。
夜泪似真珠,双双堕明月。
借问谁家妇,歌泣何凄切?
一问一沾襟,低眉终不说。

听颖师弹琴

[唐] 韩愈

昵昵儿女语,恩怨相尔汝。
划然变轩昂,勇士赴敌场。
浮云柳絮无根蒂,天地阔远随飞扬。
喧啾百鸟群,忽见孤凤皇。
跻攀分寸不可上,失势一落千丈强。

嗟余有两耳,未省听丝篁。
自闻颖师弹,起坐在一旁。
推手遽止之,湿衣泪滂滂。
颖乎尔诚能,无以冰炭置我肠!

念奴娇·赤壁怀古

[宋]苏轼

  大江东去⁽¹⁾,浪淘尽⁽²⁾,千古风流人物⁽³⁾。故垒西边⁽⁴⁾,人道是,三国周郎赤壁⁽⁵⁾。乱石崩云⁽⁶⁾,惊涛拍岸,卷起千堆雪⁽⁷⁾。江山如画,一时多少豪杰!

  遥想公瑾当年⁽⁸⁾,小乔初嫁了⁽⁹⁾,雄姿英发⁽¹⁰⁾,羽扇纶巾⁽¹¹⁾,谈笑间,樯橹灰飞烟灭⁽¹²⁾。故国神游⁽¹³⁾,多情应笑我,早生华发⁽¹⁴⁾。人生如梦,一樽还酹江月⁽¹⁵⁾。

〔注释〕

（1）大江：指长江。

（2）淘：冲洗，冲刷。

（3）风流人物：指杰出的历史名人。

（4）故垒：过去遗留下来的营垒。

（5）周郎：指三国时吴国名将周瑜，字公瑾，少年得志，二十四岁为中郎将，掌管东吴重兵，吴中皆呼为"周郎"。

（6）乱石崩云：也有版本为"乱石穿空"。

（7）雪：比喻浪花。

（8）遥想：形容想得很远，回忆。

（9）小乔初嫁了（liǎo）：《三国志·吴志·周瑜传》载，周瑜从孙策攻皖，"得桥公两女，皆国色也。策自纳大桥，瑜纳小桥"。乔，本作"桥"。其时距赤壁之战已近十年，此处言"初嫁"，是言其少年得意，倜傥风流。

（10）雄姿英发（fā）：谓周瑜体貌不凡，言谈卓绝。英发，谈吐不凡，见识卓越。

（11）羽扇纶（guān）巾：魏晋时人的装束。这里指儒将的便装打扮。羽扇，羽毛制成的扇子。纶巾，青丝制成的头巾。

（12）樯橹（qiáng lǔ）：这里代指曹操的水军战船。樯，挂帆的桅杆。橹，一种摇船的桨。"樯橹"一作"强虏"，又作"樯虏"。

（13）故国神游："神游故国"的倒文。故国：这里指旧地，当年的赤壁战场。神游：于想象、梦境中游历。

（14）"多情"二句：都是倒装句，是"应笑我多情，华发早生"的倒文。华发（fā），花白的头发。

（15）一樽还（huán）酹（lèi）江月：樽，酒杯。酹，古人以酒浇在地上祭奠。这里指洒酒酬月，寄托自己的感情。

〔赏析〕

北宋文豪苏轼晚年和亲友闲聊：如果用一个词来概括自己的一生，会是什么？最懂他的小妾朝云回答：莫若"不合时宜"，苏轼听罢哈哈大笑，深以为然。"不合时宜"是指"不适合时代的形势和需要"，苏轼固然是借机自嘲一辈子因没有主动迎合时政而过得不尽如人意，但其"不合时宜"不是顽固和执拗，更不是局限和狭隘，而是在新旧两党斗争过程之中敢于坚持己见的勇气，是在"杨柳岸，晓风残月"的主流词风中唱出"大江东去"的豪迈。"不合时宜"既体现了"虽千万人吾往矣"的儒家风骨，也反映出词人敢为天下先的创新精神。苏轼的这首千古绝唱《念奴娇·赤壁怀古》，被誉为宋词的巅峰之作，就暗含着三个"不合"，却成就了一篇伟大的作品。

一是凭吊地点和历史"不合"：

苏轼写这首词时在黄州西山山麓，面对赤鼻矶诗兴大发，写下"赤壁怀古"。然而，真正的三国赤壁古战场是远在两百公里开外的蒲圻境内。词人并非不知，而是机敏地用一句"人道是"三字，达到四两拨千斤的效果：当地人说这里是赤壁古战场（并非我这样认为）。词人认为既然再伟大的英雄人物终归被大浪淘尽，天下的河流终归流入大海，我们又何必拘泥于真赤壁、假赤壁？我们只需和朋友一起，潇洒地欣赏眼前的清风明月、惊涛乱石之景色，借他人之酒杯浇自我胸中之块垒，怀古之幽情是真挚的最为重要。这是真正的旷达通透的人生境界啊，为后人所敬佩不已，于是词人怀古之地被人称为"文赤壁"，更受人景仰。词人此惊世骇俗之"不合"之举，成就了一篇伟大的作品，也成就了一段传奇。

二是格律"不合"：

《念奴娇·赤壁怀古》本应按照"念奴娇"的词牌名来填写，按照其正统的平仄韵律而言，下阕前三句应该是：

平仄平仄平平

平平平仄

仄仄平平仄

苏轼变格为：

平仄平仄平平　遥想公瑾当年

仄平平仄仄　小乔初嫁了

平平平仄　雄姿英发

按照当时的词牌格律来看，苏轼既没调准韵律，也没对上平仄，连固定的长短句式的字数镶嵌也变得面目全非。但正因为有此之"不合"格律之"变格"，后世文人填词赋诗，也不受词牌名的桎梏了。苏轼作为豪放词风的开创者，他在词的风格突破、形式创新上都做出了大胆的尝试，改变了词的发展方向。

三是"典故"不合：

苏轼在众多三国人物中，尤其向往那以弱胜强、智破强敌的周瑜。为了突出周郎年少得意的形象，他写道："遥想公瑾当年，小乔初嫁了。""初嫁"二字衬托出英雄何等春风得意，但与历史事实大相径庭。赤壁之战发生于建安十三年，而周瑜迎娶小乔是在建安四年，之间相差近十年，实在无法以"初嫁"而论。但这二字在人物刻画上确是传神之笔，狂放不羁的词人于是便不顾引经据典之循规蹈矩，为后世留下了风流潇洒、用兵如神的周公瑾的英姿。

这三个所谓的"不合"，实际上是词人对宋词从内容到形式做出的划时代的重大突破，发展、拓宽了词的领域，也使《念奴娇·赤壁怀古》成为宋词中流传最广、影响最大的经典。北宋文坛领袖欧阳修曾经这样预测过年轻苏轼的未来：此人可谓善读书，善用书，他日文章必独步天下。诚哉斯言。

[思考与练习]

1. 学习并吟诵《念奴娇·赤壁怀古》。

2. 有人说苏轼写怀古之词太不考究，怀古之地都不准确，何以凭吊？对此，你有何看法？

3. 苏轼和辛弃疾是宋代著名的豪放词人，史称"苏辛"，请试着比较两人词风的异同。

拓展阅读

《水龙吟·登建康赏心亭》是南宋著名词人辛弃疾的杰作。虽然语言沉痛悲愤，但整首词的基调还是激昂慷慨的，表现出辛词豪放的风格特色。通过这首词，我们可以感受到辛弃疾对国家命运的深切关怀和个人抱负难以实现的无奈之情。

水龙吟·登建康赏心亭

［宋］辛弃疾

楚天千里清秋，水随天去秋无际。遥岑远目，献愁供恨，玉簪螺髻。落日楼头，断鸿声里，江南游子。把吴钩看了，栏杆拍遍，无人会，登临意。

休说鲈鱼堪脍，尽西风，季鹰归未？求田问舍，怕应羞见，刘郎才气。可惜流年，忧愁风雨，树犹如此！倩何人唤取，红巾翠袖，揾英雄泪！

对词的发展影响能和苏轼比肩的是南唐后主李煜，他被奉为宋词的开山之祖。他扩大了词的题材，特别是他后期的词作，使词从花前月下的情爱，走进了广阔的社会人生，成为言怀述志的新诗体。

破阵子

［五代］李煜

四十年来家国，三千里地山河。凤阁龙楼连霄汉，玉树琼枝作烟萝，几曾识干戈？

一旦归为臣虏，沈腰潘鬓消磨。最是仓皇辞庙日，教坊犹奏别离歌，垂泪对宫娥。

浪淘沙令

[五代] 李煜

帘外雨潺潺,春意阑珊。罗衾不耐五更寒。梦里不知身是客,一晌贪欢。

独自莫凭栏,无限江山,别时容易见时难。流水落花春去也,天上人间。

第四章 家国情怀

几千年中国历史中，格物致知、诚意正心、修身齐家、治国平天下，是所有有志之士的人生理想，而家国情怀是他们在这条人生道路上开拓前行的必然结果。在他们心目中，斗室与天下无异，陋室与朝堂同工。所以，政治昌明之时，他们能先忧后乐；山河动荡之际，他们更能挺身而出。在本章学习中，我们可以看到从先秦到现代，自天子至庶人，家国情怀是如何传承不绝，历久弥新。

本章内容包括屈原的《离骚》、曹操的《短歌行》、杜甫的《春望》、李煜的《虞美人》、辛弃疾的《菩萨蛮·书江西造口壁》和《永遇乐·京口北固亭怀古》、毛泽东的《忆秦娥·娄山关》《沁园春·长沙》和《沁园春·雪》。在这里，李煜怀着"一江春水"的哀愁，深深眷念故国，曹操怀着治乱安危的壮志，渴望"天下归心"，这是帝王将相的家国情怀；屈原为了美政理想，上下求索，有着"虽九死其犹未悔"的决心，辛弃疾为了收复故土，暮年出山，发出"凭谁问：廉颇老矣，尚能饭否"的慨叹，这是忠臣良将的家国情怀；杜甫在花鸟含愁山河同悲的离乱之世，用一句"烽火连三月，家书抵万金"写尽了普通百姓的忧惧与悲哀，这是布衣寒士的家国情怀；毛泽东在硝烟弥漫艰苦卓绝的战争年代，用一句"雄关漫道真如铁，而今迈步从头越"，道出了革命志士的豪情与担当，这是革命领袖的家国情怀。

家国情怀，是中华民族薪火相传、绵延不绝的血缘脐带；家国情怀，是每一个炎黄子孙深植灵魂、潜滋血脉的基因密码。作为当代青年学子，我们依然可以从这些经典诗词传递给我们的密码中汲取力量，沿着格物致知、诚意正心、修身齐家、治国平天下的人生之路，持之以恒，久久为功，去描绘大写的人生。

离骚

[先秦] 屈原

帝高阳之苗裔兮⁽¹⁾,朕皇考曰伯庸⁽²⁾。
摄提贞于孟陬兮⁽³⁾,惟庚寅吾以降⁽⁴⁾。
皇览揆余初度兮⁽⁵⁾,肇锡余以嘉名⁽⁶⁾:
名余曰正则兮⁽⁷⁾,字余曰灵均⁽⁸⁾。
纷吾既有此内美兮⁽⁹⁾,又重之以修能⁽¹⁰⁾。
扈江离与辟芷兮⁽¹¹⁾,纫秋兰以为佩⁽¹²⁾。
汩余若将不及兮⁽¹³⁾,恐年岁之不吾与⁽¹⁴⁾。
朝搴阰之木兰兮⁽¹⁵⁾,夕揽洲之宿莽⁽¹⁶⁾。
日月忽其不淹兮⁽¹⁷⁾,春与秋其代序⁽¹⁸⁾。
惟草木之零落兮⁽¹⁹⁾,恐美人之迟暮⁽²⁰⁾。
不抚壮而弃秽兮⁽²¹⁾,何不改乎此度⁽²²⁾?
乘骐骥以驰骋兮⁽²³⁾,来吾道夫先路⁽²⁴⁾!
昔三后之纯粹兮⁽²⁵⁾,固众芳之所在⁽²⁶⁾。
杂申椒与菌桂兮⁽²⁷⁾,岂维纫夫蕙茝⁽²⁸⁾!
彼尧舜之耿介兮⁽²⁹⁾,既遵道而得路⁽³⁰⁾;
何桀纣之猖披兮⁽³¹⁾,夫唯捷径以窘步⁽³²⁾。
惟夫党人之偷乐兮⁽³³⁾,路幽昧以险隘⁽³⁴⁾。
岂余身之惮殃兮⁽³⁵⁾,恐皇舆之败绩⁽³⁶⁾。
忽奔走以先后兮⁽³⁷⁾,及前王之踵武⁽³⁸⁾。
荃不察余之中情兮⁽³⁹⁾,反信谗而齌怒⁽⁴⁰⁾。
余固知謇謇之为患兮⁽⁴¹⁾,忍而不能舍也。
指九天以为正兮⁽⁴²⁾,夫唯灵修之故也⁽⁴³⁾。
曰黄昏以为期兮⁽⁴⁴⁾,羌中道而改路⁽⁴⁵⁾。
初既与余成言兮⁽⁴⁶⁾,后悔遁而有他⁽⁴⁷⁾。
余既不难夫离别兮⁽⁴⁸⁾,伤灵修之数化⁽⁴⁹⁾。
余既滋兰之九畹兮⁽⁵⁰⁾,又树蕙之百亩⁽⁵¹⁾。
畦留夷与揭车兮⁽⁵²⁾,杂杜衡与芳芷⁽⁵³⁾。
冀枝叶之峻茂兮⁽⁵⁴⁾,愿竢时乎吾将刈⁽⁵⁵⁾。
虽萎绝其亦何伤兮⁽⁵⁶⁾,哀众芳之芜秽⁽⁵⁷⁾。
众皆竞进以贪婪兮⁽⁵⁸⁾,凭不猒乎求索⁽⁵⁹⁾。
羌内恕己以量人兮⁽⁶⁰⁾,各兴心而嫉妒。
忽驰骛以追逐兮⁽⁶¹⁾,非余心之所急。

第四章　家国情怀

老冉冉其将至兮，恐修名之不立[62]。
朝饮木兰之坠露兮，夕餐秋菊之落英[63]。
苟余情其信姱以练要兮[64]，长顑颔亦何伤[65]。
擥木根以结茝兮[66]，贯薜荔之落蕊[67]。
矫菌桂以纫蕙兮[68]，索胡绳之纚纚[69]。
謇吾法夫前修兮[70]，非世俗之所服[71]。
虽不周于今之人兮[72]，愿依彭咸之遗则[73]。
长太息以掩涕兮，哀民生之多艰。
余虽好修姱以鞿羁兮[74]，謇朝谇而夕替[75]。
既替余以蕙纕兮[76]，又申之以揽茝[77]。
亦余心之所善兮[78]，虽九死其犹未悔[79]。
怨灵修之浩荡兮[80]，终不察夫民心。
众女嫉余之蛾眉兮[81]，谣诼谓余以善淫[82]。
固时俗之工巧兮[83]，偭规矩而改错[84]。
背绳墨以追曲兮[85]，竞周容以为度[86]。
忳郁邑余侘傺兮[87]，吾独穷困乎此时也[88]。
宁溘死以流亡兮[89]，余不忍为此态也[90]。
鸷鸟之不群兮[91]，自前世而固然。
何方圜之能周兮[92]，夫孰异道而相安[93]？
屈心而抑志兮[94]，忍尤而攘诟[95]。
伏清白以死直兮[96]，固前圣之所厚。
悔相道之不察兮[97]，延伫乎吾将反[98]。
回朕车以复路兮[99]，及行迷之未远[100]。
步余马于兰皋兮[101]，驰椒丘且焉止息。
进不入以离尤兮[102]，退将复修吾初服[103]。
制芰荷以为衣兮[104]，集芙蓉以为裳[105]。
不吾知其亦已兮[106]，苟余情其信芳[107]。
高余冠之岌岌兮[108]，长余佩之陆离[109]。
芳与泽其杂糅兮[110]，唯昭质其犹未亏[111]。
忽反顾以游目兮[112]，将往观乎四荒[113]。
佩缤纷其繁饰兮[114]，芳菲菲其弥章[115]。
民生各有所乐兮[116]，余独好修以为常。
虽体解吾犹未变兮[117]，岂余心之可惩[118]。
女嬃之婵媛兮[119]，申申其詈予[120]。
曰："鲧婞直以亡身兮[121]，终然殀乎羽之野[122]。
汝何博謇而好修兮[123]，纷独有此姱节[124]？
薋菉葹以盈室兮[125]，判独离而不服[126]。

众不可户说兮⁽¹²⁷⁾，孰云察余之中情⁽¹²⁸⁾？
世并举而好朋兮⁽¹²⁹⁾，夫何茕独而不予听⁽¹³⁰⁾？"
依前圣以节中兮⁽¹³¹⁾，喟凭心而历兹⁽¹³²⁾。
济沅湘以南征兮⁽¹³³⁾，就重华而陈辞⁽¹³⁴⁾：
"启《九辩》与《九歌》兮⁽¹³⁵⁾，夏康娱以自纵⁽¹³⁶⁾。
不顾难以图后兮⁽¹³⁷⁾，五子用失乎家巷⁽¹³⁸⁾。
羿淫游以佚畋兮⁽¹³⁹⁾，又好射夫封狐⁽¹⁴⁰⁾；
固乱流其鲜终兮⁽¹⁴¹⁾，浞又贪夫厥家⁽¹⁴²⁾。
浇身被服强圉兮⁽¹⁴³⁾，纵欲而不忍⁽¹⁴⁴⁾；
日康娱以自忘兮⁽¹⁴⁵⁾，厥首用夫颠陨⁽¹⁴⁶⁾。
夏桀之常违兮⁽¹⁴⁷⁾，乃遂焉而逢殃⁽¹⁴⁸⁾。
后辛之菹醢兮⁽¹⁴⁹⁾，殷宗用而不长⁽¹⁵⁰⁾。
汤禹俨而祗敬兮⁽¹⁵¹⁾，周论道而莫差⁽¹⁵²⁾。
举贤而授能兮，循绳墨而不颇⁽¹⁵³⁾。
皇天无私阿兮⁽¹⁵⁴⁾，览民德焉错辅⁽¹⁵⁵⁾。
夫维圣哲以茂行兮⁽¹⁵⁶⁾，苟得用此下土⁽¹⁵⁷⁾。
瞻前而顾后兮，相观民之计极⁽¹⁵⁸⁾。
夫孰非义而可用兮⁽¹⁵⁹⁾？孰非善而可服⁽¹⁶⁰⁾？
阽余身而危死兮⁽¹⁶¹⁾，览余初其犹未悔。
不量凿而正枘兮⁽¹⁶²⁾，固前修以菹醢。
曾歔欷余郁邑兮⁽¹⁶³⁾，哀朕时之不当⁽¹⁶⁴⁾。
揽茹蕙以掩涕兮⁽¹⁶⁵⁾，沾余襟之浪浪⁽¹⁶⁶⁾。"
跪敷衽以陈辞兮⁽¹⁶⁷⁾，耿吾既得此中正⁽¹⁶⁸⁾。
驷玉虬以乘鹥兮⁽¹⁶⁹⁾，溘埃风余上征⁽¹⁷⁰⁾。
朝发轫于苍梧兮⁽¹⁷¹⁾，夕余至乎县圃⁽¹⁷²⁾。
欲少留此灵琐兮⁽¹⁷³⁾，日忽忽其将暮。
吾令羲和弭节兮⁽¹⁷⁴⁾，望崦嵫而勿迫⁽¹⁷⁵⁾。
路曼曼其修远兮⁽¹⁷⁶⁾，吾将上下而求索。
饮余马于咸池兮⁽¹⁷⁷⁾，总余辔乎扶桑⁽¹⁷⁸⁾。
折若木以拂日兮⁽¹⁷⁹⁾，聊逍遥以相羊⁽¹⁸⁰⁾。
前望舒使先驱兮⁽¹⁸¹⁾，后飞廉使奔属⁽¹⁸²⁾。
鸾皇为余先戒兮⁽¹⁸³⁾，雷师告余以未具⁽¹⁸⁴⁾。
吾令凤鸟飞腾兮，继之以日夜。
飘风屯其相离兮⁽¹⁸⁵⁾，帅云霓而来御⁽¹⁸⁶⁾。
纷总总其离合兮⁽¹⁸⁷⁾，斑陆离其上下⁽¹⁸⁸⁾。
吾令帝阍开关兮⁽¹⁸⁹⁾，倚阊阖而望予⁽¹⁹⁰⁾。
时暧暧其将罢兮⁽¹⁹¹⁾，结幽兰而延伫。

第四章 家国情怀

世溷浊而不分兮⁽¹⁹²⁾，好蔽美而嫉妒。
朝吾将济于白水兮⁽¹⁹³⁾，登阆风而绁马⁽¹⁹⁴⁾。
忽反顾以流涕兮，哀高丘之无女⁽¹⁹⁵⁾。
溘吾游此春宫兮⁽¹⁹⁶⁾，折琼枝以继佩⁽¹⁹⁷⁾。
及荣华之未落兮⁽¹⁹⁸⁾，相下女之可诒⁽¹⁹⁹⁾。
吾令丰隆乘云兮⁽²⁰⁰⁾，求宓妃之所在⁽²⁰¹⁾。
解佩纕以结言兮⁽²⁰²⁾，吾令蹇修以为理⁽²⁰³⁾。
纷总总其离合兮，忽纬繣其难迁⁽²⁰⁴⁾。
夕归次于穷石兮⁽²⁰⁵⁾，朝濯发乎洧盘⁽²⁰⁶⁾。
保厥美以骄傲兮⁽²⁰⁷⁾，日康娱以淫游。
虽信美而无礼兮，来违弃而改求⁽²⁰⁸⁾。
览相观于四极兮，周流乎天余乃下。
望瑶台之偃蹇兮⁽²⁰⁹⁾，见有娀之佚女⁽²¹⁰⁾。
吾令鸩为媒兮⁽²¹¹⁾，鸩告余以不好⁽²¹²⁾。
雄鸠之鸣逝兮⁽²¹³⁾，余犹恶其佻巧⁽²¹⁴⁾。
心犹豫而狐疑兮，欲自适而不可⁽²¹⁵⁾。
凤皇既受诒兮⁽²¹⁶⁾，恐高辛之先我⁽²¹⁷⁾。
欲远集而无所止兮⁽²¹⁸⁾，聊浮游以逍遥。
及少康之未家兮⁽²¹⁹⁾，留有虞之二姚⁽²²⁰⁾。
理弱而媒拙兮⁽²²¹⁾，恐导言之不固⁽²²²⁾。
世溷浊而嫉贤兮，好蔽美而称恶。
闺中既以邃远兮⁽²²³⁾，哲王又不寤⁽²²⁴⁾。
怀朕情而不发兮⁽²²⁵⁾，余焉能忍而与此终古⁽²²⁶⁾？
索藑茅以筳篿兮⁽²²⁷⁾，命灵氛为余占之⁽²²⁸⁾。
曰："两美其必合兮⁽²²⁹⁾，孰信修而慕之⁽²³⁰⁾？
思九州之博大兮，岂惟是其有女⁽²³¹⁾？"
曰："勉远逝而无狐疑兮，孰求美而释女⁽²³²⁾？
何所独无芳草兮，尔何怀乎故宇⁽²³³⁾？"
世幽昧以眩曜兮⁽²³⁴⁾，孰云察余之善恶？
民好恶其不同兮，惟此党人其独异⁽²³⁵⁾！
户服艾以盈要兮⁽²³⁶⁾，谓幽兰其不可佩。
览察草木其犹未得兮，岂珵美之能当⁽²³⁷⁾？
苏粪壤以充帏兮⁽²³⁸⁾，谓申椒其不芳。
欲从灵氛之吉占兮，心犹豫而狐疑。
巫咸将夕降兮⁽²³⁹⁾，怀椒糈而要之⁽²⁴⁰⁾。
百神翳其备降兮⁽²⁴¹⁾，九疑缤其并迎⁽²⁴²⁾。
皇剡剡其扬灵兮⁽²⁴³⁾，告余以吉故⁽²⁴⁴⁾。

曰:"勉升降以上下兮⁽²⁴⁵⁾,求榘矱之所同⁽²⁴⁶⁾。
汤禹俨而求合兮⁽²⁴⁷⁾,挚咎繇而能调⁽²⁴⁸⁾。
苟中情其好修兮,又何必用夫行媒?
说操筑于傅岩兮⁽²⁴⁹⁾,武丁用而不疑⁽²⁵⁰⁾。
吕望之鼓刀兮⁽²⁵¹⁾,遭周文而得举⁽²⁵²⁾。
宁戚之讴歌兮⁽²⁵³⁾,齐桓闻以该辅⁽²⁵⁴⁾。
及年岁之未晏兮⁽²⁵⁵⁾,时亦犹其未央⁽²⁵⁶⁾。
恐鹈鴂之先鸣兮⁽²⁵⁷⁾,使夫百草为之不芳⁽²⁵⁸⁾。"
何琼佩之偃蹇兮⁽²⁵⁹⁾,众薆然而蔽之。⁽²⁶⁰⁾
惟此党人之不谅兮⁽²⁶¹⁾,恐嫉妒而折之。
时缤纷其变易兮⁽²⁶²⁾,又何可以淹留⁽²⁶³⁾?
兰芷变而不芳兮,荃蕙化而为茅。
何昔日之芳草兮,今直为此萧艾也⁽²⁶⁴⁾?
岂其有他故兮,莫好修之害也!
余以兰为可恃兮⁽²⁶⁵⁾,羌无实而容长⁽²⁶⁶⁾。
委厥美以从俗兮⁽²⁶⁷⁾,苟得列乎众芳⁽²⁶⁸⁾。
椒专佞以慢慆兮⁽²⁶⁹⁾,榝又欲充夫佩帏⁽²⁷⁰⁾。
既干进而务入兮⁽²⁷¹⁾,又何芳之能祗⁽²⁷²⁾?
固时俗之流从兮⁽²⁷³⁾,又孰能无变化?
览椒兰其若兹兮,又况揭车与江离?
惟兹佩之可贵兮⁽²⁷⁴⁾,委厥美而历兹⁽²⁷⁵⁾。
芳菲菲而难亏兮,芬至今犹未沫⁽²⁷⁶⁾。
和调度以自娱兮⁽²⁷⁷⁾,聊浮游而求女。
及余饰之方壮兮,周流观乎上下⁽²⁷⁸⁾。
灵氛既告余以吉占兮,历吉日乎吾将行⁽²⁷⁹⁾。
折琼枝以为羞兮⁽²⁸⁰⁾,精琼爢以为粻⁽²⁸¹⁾。
为余驾飞龙兮,杂瑶象以为车⁽²⁸²⁾。
何离心之可同兮⁽²⁸³⁾?吾将远逝以自疏。
邅吾道夫昆仑兮⁽²⁸⁴⁾,路修远以周流。
扬云霓之晻蔼兮⁽²⁸⁵⁾,鸣玉鸾之啾啾⁽²⁸⁶⁾。
朝发轫于天津兮⁽²⁸⁷⁾,夕余至乎西极⁽²⁸⁸⁾。
凤皇翼其承旂兮⁽²⁸⁹⁾,高翱翔之翼翼⁽²⁹⁰⁾。
忽吾行此流沙兮⁽²⁹¹⁾,遵赤水而容与⁽²⁹²⁾。
麾蛟龙使梁津兮⁽²⁹³⁾,诏西皇使涉予⁽²⁹⁴⁾。
路修远以多艰兮,腾众车使径待⁽²⁹⁵⁾。
路不周以左转兮⁽²⁹⁶⁾,指西海以为期⁽²⁹⁷⁾。
屯余车其千乘兮,齐玉轪而并驰⁽²⁹⁸⁾。

驾八龙之婉婉兮⁽²⁹⁹⁾,载云旗之委蛇⁽³⁰⁰⁾。
抑志而弭节兮⁽³⁰¹⁾,神高驰之邈邈⁽³⁰²⁾。
奏《九歌》而舞《韶》兮⁽³⁰³⁾,聊假日以媮乐⁽³⁰⁴⁾。
陟升皇之赫戏兮⁽³⁰⁵⁾,忽临睨夫旧乡⁽³⁰⁶⁾。
仆夫悲余马怀兮⁽³⁰⁷⁾,蜷局顾而不行⁽³⁰⁸⁾。
乱曰⁽³⁰⁹⁾:已矣哉!
国无人莫我知兮,又何怀乎故都!
既莫足与为美政兮⁽³¹⁰⁾,吾将从彭咸之所居!

[注释]

(1)高阳:古代帝王颛顼(zhuān xū)的别号。颛顼是楚国的远祖,他的后人有熊绎,被周成王封在楚国。春秋时期楚武王有个儿子瑕,受封在屈邑,因此子孙都以屈为氏,屈原是屈瑕的后人,所以说自己是古帝王高阳氏的后代。

(2)朕:我。秦以前是贵贱都通用的第一人称代名词,秦以后则成为封建帝王自称的专用词。皇:光明。考:对故去的父亲的敬称。

(3)摄提:"摄提格"的简称。古人把天宫划分为子、丑、寅、卯等十二等分,称为十二宫。依照岁星(木星)在天空运行所指向的方位来纪年。岁星指向寅宫的那一年,叫作寅年,别名叫摄提格。贞:正。孟:开端。陬(zōu):正月。依照夏历,正月是寅月。正月是一年的开端,因此叫孟陬。

(4)庚寅:指庚寅这一天,古代以干支纪日。降:降生。屈原出生在寅年寅月寅日。这一年在公元前340年左右,各家的推算方法不同,结论也不一样。

(5)皇:即上文"皇考"的简称,指他已故的父亲。览:观察。揆(kuí):衡量。初度:初生的时辰。

(6)肇(zhào):开始,指初降生时。锡:同"赐"。

（7）正：平。则：法。屈原名平，正则，公正的法则，即"平"字的含义。

（8）灵：善。均：平地。屈原字原，灵均，很好的平地，即"原"字的含义。另一种说法认为正则和灵均是屈原的小名和小字。

（9）纷：多。内美：内在的本质的美。指自己出生的年、月、日的不凡。

（10）重（chóng）：加上。修：美好。能：通"态"，容貌姿态。修能，指下文佩戴香花香草等，实质是讲自己的德能。

（11）扈（hù）：披在身上。离：蓠，香草名，生在江边，所以叫江离，又名蘼芜。辟：同"僻"，偏僻的地方。芷（zhǐ）：白芷，香草名，生在幽僻的地方，所以叫辟芷。

（12）纫（rèn）：连缀。

（13）汩（gǔ）：水流迅疾的样子。这里比喻时光如逝水。

（14）不吾与："不与吾"的倒文，不等待我。

（15）搴（qiān）：拔取。陛（pí）：楚地方言，指平顶小山。木兰：香木，即辛夷，今天通称紫玉兰，开花像莲，这里指木兰花。

（16）揽：采。宿莽：香草名，经冬不死。木兰去皮不死，宿莽拔心不死，皆香之不变者，所以用来修身。

（17）忽：迅速。淹：留。

（18）代：更替。序：次序。春来秋往，以次相代。

（19）惟：思。

（20）美人：屈原有时用来比喻国君，有时用来比喻美好的人，有时用以自比。这里指楚怀王。迟暮：指年老。这句是说唯恐楚怀王老了不能有所改革。

（21）抚：趁。壮：壮年。秽：秽恶的行为。是说怀王不肯趁壮年的时候把秽恶的行为弃掉。《吕氏春秋·达郁》中，管仲劝勉齐桓公："壮而怠则失时，老而解则无名。"屈原用同样的意思规谏楚怀王。

（22）此度：指"不抚壮而弃秽"的态度。

（23）骐骥：骏马。此句比喻应任用有才能的人治理国家。

（24）来：相招之辞。道：同"导"，引导。夫：语气词。先路：前驱。这句是说随我来吧，我当为王在前面带路。

（25）三后：即三皇，关于三皇，历来说法不一。纯粹：德行完美无疵。这里表面是指三皇，似是借指楚国先君熊绎、若敖、蚡冒三人，楚人怀念他们的业绩，称他们为"三后"。

（26）固：本来。众芳：比喻众多有才能的人。在：聚集。

（27）申椒：王夫之《楚辞通释》说或为申地所产之椒，椒为香木名，即现在的花椒。菌桂：桂的一种，香木名。

（28）蕙：香草名。茝（chǎi）：香草名。申椒、菌桂、蕙、茝，都是用来比喻有才能的人，即上文所说的"众芳"。这句是说"三后"用众贤才，国家因此富强，并非独取蕙茝，只任用少数贤人。

（29）耿：光明。介：正大。

（30）遵：循。道：正途。路：大道。比喻治国的正确途径。

（31）猖：狂妄。披："诐"的假借字，偏邪的意思。

（32）捷径：斜出的小路。比喻不由正途。窘步：困窘不能行走。

（33）党人：指结党营私的群小。偷乐：苟安享乐。

（34）幽昧（mèi）：昏暗。

（35）惮：畏惧。殃：灾祸。

（36）皇舆：君王所乘的车子，用来比喻国家。

（37）奔走先后：王逸《楚辞章句》："奔走先后，四辅之职也。"在楚王前后奔走，即为楚王效力。

（38）及：赶上。前王：即上文的"三后"。踵武：足迹。屈原想要楚怀王跟上先王的足迹，也就是继承先王的事业。

（39）荃（quán）：香草名，此处代指楚怀王。中情：内心。

（40）齌（jì）怒：暴怒，盛怒。

（41）謇謇（jiǎn jiǎn）：忠言直谏。

（42）九天：古人认为天有九重，故言。正：通"证"。指九天来做证明，就是指天发誓。

（43）灵修：楚人称神为灵修。此处指楚怀王。

（44）期：约定。

（45）羌：楚语，表转折，相当于现在的"却"。中道而改路，半途变卦。（以上两句洪兴祖《楚辞补注》认为是衍文，这里仍然保留。）

（46）成言：彼此约定的话。

（47）悔遁：指背弃诺言。有他：有另外的打算。

（48）难：惮，畏惧。

（49）数（shuò）化：屡次变化。

（50）滋：培植。畹（wǎn）：田三十亩为一畹，一说十二亩为一畹。

（51）树：种植。

（52）畦（qí）：四周有浅沟分隔的小块田地。留夷、揭车：都是香草名。

（53）杜衡、芳芷：均为香草名。以上四句所讲的种植香草，都是用以比喻培育贤才。

（54）冀：希望。峻：高大。

（55）竢（sì）：同"俟"，等待。刈（yì）：收割。这两句是比喻把贤才培养好了，用他们治理国家。

（56）萎绝：枯死。其：句中语气词，表示反问。

（57）芜（wú）秽：荒芜污秽。这两句用以比喻自己所培养的人才，不但不为国家出力，反而改变节操，与"党人"同流合污。

（58）众：指楚怀王的宠臣们。竞进：争着钻营禄位。

（59）凭：楚地方言，满的意思。猒：厌，满足的意思。求索：追求索取。

（60）羌：楚地方言，发语词。恕：揣度。恕己量人，如俗语所说"以小人之心，度君子之腹"。

（61）驰骛（wù）：奔走。

（62）修名：美名。立：成。

（63）落：始。英：花的别名。菊花不自落，落英，就是初开的花。一说落英指坠落的花。

（64）苟：如果。情：应指德行。信：真。姱（kuā）：美。练要：精粹。

（65）顑颔（kǎn hàn）：面色憔悴黄瘦的样子。

（66）擥（lǎn）：同"揽"。木根：蒋骥《山带阁注楚辞》将"木"解释为木兰，木根应为木兰的根。结：系。

（67）贯：穿，串起来。薜荔：香草名。

（68）矫：举起。

（69）索：搓绳子。胡绳：香草的一种，茎叶可以做绳索。纚纚（xǐ）：连缀得很整齐的样子。

（70）謇：楚地方言，发语词。法：效法。前修：前贤。

（71）服：佩带。世俗不肯佩香草，比喻不肯修饰德能。

（72）周：合。

（73）彭咸：王逸《楚辞章句》说他是殷的贤大夫，因谏国君不听，投水自杀。屈原在作品中多次提到他。遗则，留下来的法则，即榜样。

（74）鞿（jī）：马缰绳。羁：马络头。鞿羁：受牵累。这里作者以马自喻，说自己虽然好修，但却因此被疏，受到牵累。

（75）谇（suì）：谏诤。替：废。这句是说早上进谏，晚上就被撤职。

（76）纕（xiāng）：佩带。

（77）申：重新。以上两句是说君王废弃我，是因为我佩戴蕙纕，然而我又重新以茝自我修饰，表示志行坚定不移。一说申为申斥。

（78）善：崇尚、爱好。

（79）九：极言其多。

（80）浩荡：大水横流的样子。这里用以比喻怀王的恣意妄为。

（81）众女：比喻楚怀王周围的一些贵族宠臣。蛾眉：蚕蛾触须细长而弯曲，用来形容女子美丽的眉毛，此处借喻美好的品质。

（82）诼（zhuó）：中伤的话。

（83）工巧：善于取巧。

（84）偭（miǎn）：违背。规矩：木工的用具，量圆的叫规，量方的叫矩，这里指法度。错：同"措"。

（85）绳墨：木工引绳弹墨，用以画直线。这里也指法度。追：随。曲：邪曲。比喻贵族宠臣违背正直之道而追求邪曲之行。

（86）周容：苟同取容。度：法则。

（87）忳（tún）：烦闷，是修饰"郁邑"的副词。侘傺（chà chì）：失意。

（88）穷困：境遇窘迫。

（89）溘（kè）：突然。以：或者。

（90）此态：指"周容以为度"，即苟同取容之态。

（91）鸷（zhì）鸟：即鹰、鹗等猛禽。

（92）方：指方的榫头。圜：即圆，指圆的孔。这句是说方的榫头和圆孔，怎么能互相吻合呢！

（93）孰：哪。异道：志向不同，操守各异。

（94）屈：委屈。抑：遏制。
（95）尤：责难。攘：让，容让。诟：耻辱。即忍耻含辱。
（96）伏：通"服"。伏清白，保持清白的节操。死直：守正直之道而死。
（97）相（xiàng）：观看。
（98）延：长久。伫：站立。指迟疑不前。反：同"返"。
（99）复路：走回头路。
（100）及：趁着。行迷：迷路。
（101）步：徐行。皋：水边高地。兰皋：长有兰草的水边。
（102）离：同"罹"，遭遇。离尤：获罪。
（103）退：指退隐。初服：原来的服饰，此处以服饰喻固有的美好品德。
（104）制：剪裁。芰（jì）：菱。
（105）芙蓉：莲花。裳：上身所穿的叫衣，下身所穿的叫裳。
（106）不吾知：即"不知吾"。
（107）信芳：真正芳洁。
（108）岌岌（jí）：高耸的样子。
（109）佩：指佩饰。陆离：参差，众多的样子。
（110）泽：污垢。杂糅（róu）：混杂在一起。
（111）昭质：光明洁白的质地。
（112）游目：纵目远望。
（113）四荒：四方边远之地。
（114）缤纷：盛多貌。
（115）菲菲：香气浓烈。弥：愈加。章：同"彰"，明显。
（116）民生：人生。乐：爱好。
（117）体解：肢解，古代的一种酷刑。
（118）惩：戒惧。
（119）女媭（xū）：王逸《楚辞章句》说是屈原的姐姐。许慎《说文》引贾逵说："楚人谓姊为媭。"一说是侍妾。婵媛：由于内心关切而表现出牵挂不舍的样子。
（120）申申：再三，反复。詈（lì）：责备。
（121）鲧：传说中禹的父亲。婞（xìng）：刚强。亡：忘。亡身：不顾自身安危。
（122）殀（yāo）：早死。《韩非子》："尧欲传天下于舜，鲧谏曰：'不祥哉！孰以天下而传之于匹夫乎？'尧不听，举兵而诛杀鲧于羽山之郊。"
（123）博謇：博学而好直言。
（124）姱（kuā）节：美好的节操。
（125）薋（cí）：草多的样子。菉（lù）：又叫王刍，恶草。葹（shī）：又叫枲耳，也是恶草。用以比喻朝廷充满谗佞之臣。
（126）判：区别，分别。服：佩带。
（127）户说：挨家挨户去说明。
（128）余：我们。
（129）并举：互相抬举。朋：成群结党。
（130）茕（qióng）：孤独。予：女媭自指。

（131）节：节制。节中：节制不偏，保持中正。

（132）喟（kuì）：叹息。凭：愤懑。凭心：愤懑发于心。历兹：至此。

（133）济：渡过。沅、湘：水名，都在今湖南省境内。征：行。

（134）重华：舜。传说舜重瞳子，所以称重华。传说舜死在苍梧之野，苍梧山在今湖南宁远境内。要向重华陈辞，就必须渡沅、湘二水向南进发。

（135）启：禹的儿子，继禹之后做了国君。《九辩》《九歌》：传说是天帝的乐曲，被启带到人间。

（136）夏：指启。康娱：耽于安乐。纵：放纵。指启从天上下来后纵情享乐。

（137）顾难：考虑患难、危险。图后：为未来打算。

（138）五子：即五观，启的幼子，曾据西河之地发动叛变。用：因而。失：疑为"夫"，语助词。乎：疑为衍文。家巷：内讧。

（139）羿：相传为夏初诸侯，有穷国君。淫：过度。佚：放纵。畋（tián）：打猎。

（140）封狐：大狐狸。

（141）乱流：淫乱之流。鲜终：少有好结果。

（142）浞（zhuó）：寒浞，羿的大臣。厥：同"其"。家：妻室。据《左传》记载，羿做国君后，佚乐无度，不理国政，寒浞令他的家臣逢蒙射杀了羿，强占了羿的妻子。

（143）浇（ào）：寒浞的儿子。被服：穿戴、装饰，这里含有具备的意思。强圉（yǔ）：强壮有力。

（144）不忍：不肯自制。

（145）自忘：忘乎所以。

（146）颠陨：坠落。相传寒浞强占了的羿的妻子后，生子叫浇，强壮多力，杀死夏后相，终日淫乐无度，后来又被相的儿子少康所杀。

（147）夏桀（jié）：夏朝末代国君。

（148）遂：终究。逢殃：遭祸。《史记》记载，夏桀被汤放逐于南巢。

（149）后辛：即商纣王，名辛，商朝末代国君。菹醢（zū hǎi）：把人剁成肉酱。据《史记》记载，纣王杀比干、醢梅伯，终于亡国。

（150）殷宗：殷代的祖祀，即殷朝。

（151）俨（yǎn）：恭敬庄重。祗（zhī）：敬畏。指禹、汤敬畏天意。

（152）周：周朝，这里应指周初文王、武王和周公。论道：议论治国之道。莫差：没有差错。

（153）颇：偏邪。

（154）阿（ē）：偏袒，庇护。

（155）民德：有德行的人，一说指人民所爱戴者。错：同"措"，施行。辅：扶助。

（156）茂行：美好的德行。

（157）苟：确实。用：享有。下土：指天下。

（158）相：察看。计：计虑。极：准则。民之计极，人民考虑事情的准则，即他们拥护什么、反对什么。

（159）孰：谁。这句是说哪有不义的国君，能长久享国呢？

第四章 家国情怀

（160）服：与"用"同义。

（161）阽（diàn）：临近险境。危死：濒于死亡。

（162）凿：木工所凿的孔。枘（ruì）：木楔。如果不度量凿的方圆大小，来削正枘的形状，就无法合榫。比喻为人臣不度量国君的贤愚，而直言敢谏，必然取祸。

（163）曾：屡次。歔欷（xū xī）：抽泣声。

（164）当：值，正好。时之不当，即生不逢时。

（165）茹：柔软。

（166）沾：浸湿。浪浪：泪流不断的样子。

（167）敷（fū）：铺开。衽（rèn）：衣服的前襟。

（168）耿：光明。中正：指正直而不偏邪的品德。

（169）驷（sì）：本义是驾车的四匹马，这里用作动词，即驾。虬（qiú）：无角的龙。鹥（yī）：凤凰一类的鸟。

（170）溘：掩，压在上面。埃风：挟带尘土的风。上征：到天上去。

（171）轫（rèn）：刹住车轮转动的轮前横木。发轫：抽去轫木，表示车要出发。苍梧：舜所葬之地九嶷山在苍梧。

（172）县圃：神话中的山名，在昆仑山顶。县，同"悬"。

（173）琐：门窗上所刻的连环形花纹，这里是门的代称。灵琐，神宫的门。

（174）羲和：神话中太阳的驾车者。弭（mǐ）：停止。节：鞭子。弭节：停止挥鞭使车缓行。

（175）崦嵫（yān zī）：神话中的山名，日落之处。迫：近。以上两句意思是，我命令羲和慢一点赶车，好让太阳不要很快落山。

（176）曼曼：同"漫漫"，路遥远的样子。

（177）咸池：神话中的池名，太阳沐浴的地方。

（178）总：结，系。扶桑：神话中的树名，日出之处。

（179）若木：神话中的树名，生在昆仑山的极西处。这句是说若木枝拂扫太阳，挡着它，不让它落下去。

（180）聊：姑且，暂且。相羊：同"徜徉"，徘徊之意。

（181）望舒：神话中月亮的驾车者。

（182）飞廉：神话中的风伯，即风神。奔属：追随。

（183）鸾皇：凤凰之类的神鸟。先戒：在前面做警卫。

（184）雷师：雷神。未具：未准备齐全。

（185）飘风：旋风。屯：聚，旋风将尘土聚成圆柱形，就是屯。离：同"罹"，遭遇。

（186）帅：率领。云霓：云霞。御：迎接。

（187）总总：云聚集的样子。离合：忽散忽聚。

（188）斑：乱貌。陆离：五光十色。上下：天地。

（189）帝阍（hūn）：为天帝守门的天神。关：门栓。屈原叫帝阍开门，暗喻要求见楚王的意思。

（190）阊阖（chāng hé）：天门。

（191）暧暧（ài）：昏暗的样子。罢：终了。这句是说天已昏黑，一天将尽。

（192）溷（hùn）浊：混浊。不分：是非不分。

（193）白水：神话中的河名，发源于昆仑山。

（194）阆（làng）风：神话中的山名，在昆仑山上。绁（xiè）：拴、系。

（195）高丘：即阆风。女：指神女。

（196）春宫：春神的宫殿，神话中东方青帝为春神。

（197）琼枝：玉树枝。

（198）荣：草本植物开的花。华：木本植物开的花。荣华：花的通称。

（199）下女：指下文宓妃、简狄、二姚等人，相对高丘而言，所以说下。诒（yí），通"贻"，赠送。

（200）丰隆：雷神，一说云神。

（201）宓（fú）妃：相传是伏羲的女儿，溺死在洛水，后成为洛水之神。

（202）结言：订盟约。

（203）蹇（jiǎn）修：传说为伏羲的臣子。理：媒人，使者。

（204）纬繣（wěi huà）：违拗，乖戾。难迁：难以改变。

（205）次：住宿。穷石：山名，弱水发源于此，相传是后羿所居之地。

（206）濯（zhuó）：洗。洧（wěi）盘：神话中的水名，发源于崦嵫山。

（207）保：仗恃。

（208）来：乃。违弃：抛弃。改求：另求对象。

（209）瑶台：用美玉砌的台。偃（yǎn）蹇：高耸的样子。

（210）有娀（sōng）：古代部落名。佚女：美女。相传有娀氏有两位美女，其一名叫简狄，后来嫁给帝喾，生契，契是商朝的祖先。

（211）鸩（zhèn）：鸟名，羽毛有毒。这里用来比喻奸险的人。

（212）告余以不好：指鸩鸟撒谎说有娀氏的美人不好。

（213）鸠：像山鹊，喜欢叫。这里用来比喻花言巧语的人。鸣逝：且飞且鸣。

（214）佻巧：轻佻巧诈。这两句是说想让雄鸠通个信，我又嫌恶它轻佻不可信。

（215）适：往。这句是说不通过媒人，自己去见，于礼节上又不妥当。

（216）受：通"授"，委托。诒：赠给，这里用作名词，指聘礼。受诒：致送聘礼。

（217）高辛：即帝喾。这句是说恐怕高辛在我之先，已经娶得有娀氏的女儿。

（218）集：本义是鸟栖于树上，这里和"止"同义。停留：居住。

（219）少康：夏代中兴的国君，杀了寒浞和浇等，恢复了夏朝的政权。未家：即未结婚。这句是说趁着少康还没有成家。

（220）有虞：夏代一个部落名，是舜的后裔，姓姚。二姚：有虞国君的两个女儿。据《左传·哀公元年》记载，少康是夏后相的儿子，幼年时受寒浞的迫害，逃难到有虞，有虞国君把两个女儿嫁给了他。这两句意思是说趁着少康还未娶家室的时候，聘定有虞氏的女儿。

（221）理：和"媒"同义。理弱：媒人无能。

（222）导言：指媒人通达双方意见的话。不固：没有成效。

（223）闺：宫中的小门。

（224）哲王：圣贤的君王，这里指楚怀王。寤：觉醒。

（225）发：抒发、表达。

（226）终古：永远。

（227）索：取。䔱（qióng）茅：传说中的一种灵草。以：和"与"同义。筳（tíng）：小竹棍。篿（zhuān）：楚人用䔱茅和筳占卦，叫作篿。

（228）灵：本义是神，这里指巫。巫能降神，所以楚人称巫为灵。氛：巫的名。

（229）两美：双方美好。比喻良臣和明君。

（230）信：真正，确实。修：美好。这两句是说虽然有"两美必合"的说法，但在楚国有谁真正美好而值得爱慕呢？

（231）是：此，此地，指楚国。这句是说难道只有楚国才有美女吗？以上四句是屈原问灵氛的话。

（232）释：放弃。女：汝，指屈原。这句是说哪有寻求美才的人会放弃你呢？

（233）故宇：旧居，指故国。以上四句都是灵氛说的话，是劝导屈原之词。

（234）眩曜（yào）：迷乱的样子。

（235）独异：独异于众。唯这群党人的好恶与众不同。下面六句写他们的颠倒黑白，混淆美恶。

（236）户：家家户户。艾：白蒿，一种野草。要：即"腰"。这句是说家家户户每人都佩戴满腰的艾蒿。

（237）瑆（chéng）：美玉。这两句是说他们连草木的美恶都不能辨别，又怎么能对美玉有恰当的认识和评价。

（238）苏：取。帏：佩在身上的香囊。

（239）巫咸：古代的神巫，名咸。降：指降神。夕降：在晚上祀神。

（240）糈（xǔ）：精米，用以供神。要：通"邀"。

（241）翳（yì）：遮蔽，形容神众多。备：全部。

（242）九疑：山名，也作"九嶷"，在湖南境内。这里指九疑山的诸神。缤：众多。

（243）皇：同"煌"，光明。剡剡（yǎn）：发光的样子。扬灵：显扬神的灵光。

（244）吉故：指前代君臣遇合的佳话，即下文汤、禹、挚等人的事迹。

（245）升降上下：指上天入地，即"上下求索"之意。

（246）榘：同"矩"，量方形的工具。矱（huò）：量长短的工具。榘矱之所同，指志同道合的人。

（247）严：严肃、诚心。求合：访求志同道合的人。

（248）挚：商汤时的贤臣伊尹的名字。咎繇（yáo）：即皋陶，禹的贤臣。调：调合。指君臣和衷共济，安定天下。

（249）说（yuè）：傅说，商王武丁时的贤相。操：拿着。筑：建筑用的木杵。傅岩：地名。

（250）武丁：殷高宗的名。古代传说，傅说是个奴隶，在傅岩筑墙，后被商王武丁用以为相。

（251）吕望：即姜太公姜尚。因为先代封邑在吕，所以又姓吕。他是周朝开国的贤相。鼓刀：指当屠户。

（252）周文：周文王。举：提拔。古代传说，吕望曾在朝歌当屠户，年老后钓于渭水之滨，遇见周文王，便被重用。

（253）宁戚：春秋卫国人。讴歌：徒歌，指唱歌时没有音乐伴奏。

（254）齐桓：齐桓公。该：准备。辅：辅佐，指大臣。该辅：备辅佐之选。相传宁戚本是个小商人，曾住在齐的东门，桓公夜出，他正在车下喂牛，并敲着牛角唱歌。桓公看出他是个贤人，便用他做客卿。

（255）晏：晚。

（256）央：尽，终了。

（257）鹈鴂（tí jué）：鸟名，又名伯劳，秋天鸣。一说是杜鹃，常在初夏时鸣，鸣时百花皆谢。

（258）百草不芳：鹈鴂鸣，则秋天到，百草开始枯萎。这两句是勉励屈原趁着时机，施展抱负，不要老而无成。

（259）琼佩：玉佩，从上文"折琼枝以继佩"而来，引申为有美德的人。偃蹇：委婉美好的样子。

（260）菱（ài）：遮蔽。

（261）谅：可信。

（262）缤纷：纷乱的样子。

（263）淹留：久留。这句是说我怎么可以久留而不速去呢？

（264）直：简直。萧：一种蒿草。

（265）兰：暗喻楚怀王的小儿子令尹子兰。恃：依靠。

（266）容：外表。长：义同"修"，美好。容长：外表好看。意思是说内中没有诚信的实际，虚有美善的外表。

（267）委：抛弃。厥美：固有的美质。

（268）苟：苟且。

（269）椒：暗喻楚大夫子椒。佞：谄谀。慢慆（tāo）：傲慢。

（270）樧（shā）：茱萸一类的草，外形像椒而不香。

（271）干：钻营。

（272）祗（zhī）：恭敬。以上四句大意说，椒樧之类，只求进身朝堂，取得禄位，又怎能敬重贤人而任用之。

（273）流从：随波逐流。

（274）兹佩：指琼佩，屈原自况。兹：此。

（275）委：疑为"秉"，持。委厥美：怀着这种美德。历兹：至此。

（276）昧（mèi）：终止、消失。

（277）和：作动词，使和谐。

（278）壮：美盛貌。

（279）历：选择。

（280）羞：通"馐"，指美食。

（281）精：捣碎。麋（mí）：细末。粮（zhāng）：粮。这句意为将玉捣碎成屑为粮。

（282）象：象牙。

（283）离心：心志不同。

（284）邅（zhān）：楚地方言，转向。这句是说转道向昆仑山。
（285）云霓：画云霓的旌旗。一说以云霓为旗。晻（yǎn）蔼：旌旗遮蔽天日的样子。
（286）玉鸾：玉制的车铃，形如鸾鸟。啾啾：指铃声。
（287）天津：天河的渡口。
（288）西极：西方的尽头。
（289）翼：《文选》作"纷"，多。承：奉持。旂（qí）：画着交叉龙形的旗。
（290）翼翼：整齐的样子。
（291）流沙：指西北沙漠地带。
（292）遵：循。赤水：神话中的水名，发源于昆仑山。容与：缓行。
（293）麾：指挥。梁：桥，这里用作动词，搭桥。
（294）诏：命令。西皇：西方之神，相传为少皞氏。涉予：渡我过去。
（295）腾：同"驰"。径待：在路边等待。一说"待"为"侍"，在路边侍卫。
（296）不周：神话中的山名，在昆仑山西北。
（297）西海：神话中的西方之海，或为今青海省的青海湖。
（298）轪（dài）：车轮。
（299）婉婉：蜿蜒屈曲的样子。
（300）委蛇（wēi yí）：旗帜迎风舒展的样子。
（301）志：通"帜"，旗帜。抑志，即垂下旗帜。
（302）神：神思，指人的精神。邈邈：浩渺无际的样子。
（303）韶：《九韶》，舜的舞乐。
（304）假日：借此机会。婾乐：即愉乐，娱乐。
（305）陟（zhì）：上升。皇：皇天。赫戏：光明的样子。
（306）临：居高临下。睨（nì）：旁视。旧乡：故乡，指楚国。
（307）仆：御者。怀：思念。
（308）蜷（quán）局：拳曲不行貌。
（309）乱：终篇的结语，乐曲的尾声。已矣哉：绝望之词，即"算了吧"。
（310）美政：理想的政治。

〔赏析〕

"是谁传下这诗人的行业，黄昏里挂起一盏灯。"比起《诗经》里那些没有留下姓名的歌者，屈原无疑是中国文学史上第一个有名有姓有自己风格的诗人，说他传下了这诗人的行业，应该是不错的。只是他在文学史上的地位，则远非黄昏里的一盏灯可比拟。屈原影响了司马迁、扬雄，影响了李白、杜甫，影响了苏轼、辛弃疾，至清末到现代，从文辞到人格，屈原影响了一代又一代的中国文人。他在残暴、肮脏、卑鄙的政治环境中，抗争了一生，当他已经没有任何办法改变现实却也无论如何不肯改变自己顺从现实的时候，他将自己的愤慨、悲痛、哀怨、忧愁凝练成了一首高洁优雅的长诗——《离骚》。

在最早记录屈原主要生平的《史记》中，司马迁中盛赞《离骚》和屈原，说：

"其文约,其辞微,其志洁,其行廉。其称文小而其指极大,举类迩而见义远。其志洁,故其称物芳;其行廉,故死而不容。自疏濯淖污泥之中,蝉蜕于浊秽,以浮游尘埃之外,不获世之滋垢,皭然泥而不滓者也。推此志也,虽与日月争光可也。"在司马迁看来,屈原在《离骚》中不仅展露出了高超的文学才华,他泥而不滓的超拔人格简直可与日月争光。司马迁如此高地评价屈原,大约因为两人有不少相似之处:作为有志气有才华的个人,他们却在现实中遭逢各种失败与挫折,然而他们珍惜自己的不凡,绝不肯稍稍屈心抑志以迎合世俗,最终一个以死殉道,一个以不死殉道。一千多年后,另一个伟大的文学家鲁迅在称赞《史记》时,用的评价正是"史家之绝唱,无韵之《离骚》"。

《离骚》二千四百九十言,留给我们最重要的三个字是"修""忧"和"游"。

清代蒋骥在《山带阁注楚辞》中说《离骚》"二千四百九十言,大要以好修为根柢,以从彭咸为归宿,宁死不改其修。宁忍其修之无所用而不爱其死。皦皦之节,可使顽夫廉;拳拳之忠,可使薄夫敦。信哉百世之师矣"。屈原在《离骚》的开篇自叙家世生平,从高贵的祖系追溯起,然后说到生辰的吉祥和名字的嘉美,接着马上强调"纷吾既有此内美兮,又重之以修能"。我的确有美好的天赋,但我依凭的不仅是天赋,还有后天加倍的修能。修是通过修炼使自己美好,修也是美好本身。他佩戴、穿戴甚至服食香草,这些都是"好修"的外在表现,而对高洁人格、高尚道德、高贵理想的孜孜以求,正是《离骚》的主旨,这种追求的极致甚至只能靠从彭咸之所居来实现。不倦地上下求索,不惜以生命捍卫的决绝,正是中国文人风骨的源头。

因为好修,屈原与世俗之间产生了巨大差距,也因此招致了自己的悲剧。"屈平疾王听之不聪也,谗谄之蔽明也,邪曲之害公也,方正之不容也,故忧愁幽思而作《离骚》。离骚者,犹离忧也。"屈原的"忧"固然是对自己遭遇的忧愤,但更是一种对国家命运的忧虑。其实,在屈原的时代,楚国还是一个"地方五千里,带甲百万"的强国,策士之间还流行着"从合则楚王,横成则秦帝"的说法,即使屈原沉江五十余年之后,秦始皇命老将王翦率师伐楚,王翦还一定要有六十万士兵才肯出师。但是,《离骚》中总有一种大难将至岌岌可危的紧张,这与其说是楚国的现实,不如说是一个诗人的忧患意识。后来,身处"文景之治"的贾谊,为事势痛哭流泪长太息,身处汉武盛世的司马迁,将悲士不遇、忧生之嗟都写进了《史记》……无论治乱,他们总是忧心忡忡,这种对国家对生民的忧患意识,成了中国古代文人代代相承的自觉担当。

但如果只有"忧",《离骚》就太过现实而不浪漫了,所以它还有"游",那就是"求女"。这是诗人驰骋想象进行的超越现实的描写,说到底,是为解脱现实的忧愤而进行的神游。这种精神遨游摆脱了现实的桎梏,上天入地,无限自由。虽然最终失败了,那不过是因为他理想中的"美人"本就是现实中没有的,也正因为如此,这"美人"甚至值得为之付出最昂贵的代价。这个"游"是理想主义的屈原为后人留下的慰藉,让我们明白,崇高的理想可以让我们忽略现实的苦难,安顿痛楚的心灵。

《离骚》中的屈原,以其炽烈的情感、坚定的意志,追求完美的政治,追求崇高的人格,最终怀抱理想而死,我们却无法指责他的"偏激"和"不切实际"。人类不正是因为梦想才伟大吗？正是为了理想不断奋斗才使人类得以摆脱平庸苟且，一路前行。

[思考与练习]

1. 请诵读《离骚》你最喜欢的章节。
2. 全诗的浪漫主义色彩主要表现在哪些方面？
3. 鲁迅评价说《离骚》对后世文学的影响还在《诗经》之上，请结合拓展阅读谈一谈你对鲁迅这个评价的理解。

拓展阅读

《离骚》是一首"士不遇"的悲歌，他孜孜以求的"美人"，最终也没有遇到。相似的遭遇、同样的情感、同样的形象在后世文人的作品中不断出现，它们形式各异，但表达的是同一种悲愤和忧愁。

吊屈原赋

[汉] 贾谊

谊为长沙王太傅，既以谪去，意不自得；及度湘水，为赋以吊屈原。屈原，楚贤臣也。被谗放逐，作《离骚》赋，其终篇曰："已矣哉！国无人兮，莫我知也。"遂自投汨罗而死。谊追伤之，因自喻，其辞曰：

恭承嘉惠兮，俟罪长沙；侧闻屈原兮，自沉汨罗。造托湘流兮，敬吊先生；遭世罔极兮，乃殒厥身。呜呼哀哉！逢时不祥。鸾凤伏窜兮，鸱枭翱翔。阘茸尊显兮，谗谀得志；贤圣逆曳兮，方正倒植。世谓随、夷为溷兮，谓跖、蹻为廉；莫邪为钝兮，铅刀为铦。吁嗟默默，生之无故兮；斡弃周鼎，宝康瓠兮。腾驾罢牛，骖蹇驴兮；骥垂两耳，服盐车兮。章甫荐履，渐不可久兮；嗟苦先生，独离此咎兮。

讯曰：已矣！国其莫我知兮，独壹郁其谁语？凤漂漂其高逝兮，固自引而远去。袭九渊之神龙兮，沕深潜以自珍；偭蟂獭以隐处兮，夫岂从虾与蛭蟥？所贵圣人之神德兮，远浊世而自藏；使骐骥可得系而羁兮，岂云异夫犬羊？般纷纷其离此尤兮，亦夫子之故也。历九州而相君兮，何必怀此都也？凤凰翔于千仞兮，览德辉而下之；见细德之险徵兮，遥曾击而去之。彼寻常之污渎兮，岂能容夫吞舟之巨鱼？横江湖之鳣鲸兮，固将制于蝼蚁。

悲士不遇赋

［汉］司马迁

悲夫！士生之不辰，愧顾影而独存。恒克己而复礼，惧志行而无闻。谅才韪而世戾，将逮死而长勤。虽有形而不彰，徒有能而不陈。何穷达之易惑，信美恶之难分。时悠悠而荡荡，将遂屈而不伸。

使公于公者，彼我同兮；私于私者，自相悲兮。天道微哉，吁嗟阔兮；人理显然，相倾夺兮。好生恶死，才之鄙也；好贵夷贱，哲之乱也。炤炤洞达，胸中豁也；昏昏罔觉，内生毒也。

我之心矣，哲已能忖；我之言矣，哲已能选。没世无闻，古人唯耻；朝闻夕死，孰云其否！逆顺还周，乍没乍起。理不可据，智不可恃。无造福先，无触祸始。委之自然，终归一矣！

四愁诗

［汉］张衡

我所思兮在太山，欲往从之梁父艰。侧身东望涕沾翰。美人赠我金错刀，何以报之英琼瑶。路远莫致倚逍遥，何为怀忧心烦劳。

我所思兮在桂林，欲往从之湘水深。侧身南望涕沾襟。美人赠我琴琅玕，何以报之双玉盘。路远莫致倚惆怅，何为怀忧心烦伤。

我所思兮在汉阳，欲往从之陇阪长。侧身西望涕沾裳。美人赠我貂襜褕，何以报之明月珠。路远莫致倚踟蹰，何为怀忧心烦纡。

我所思兮在雁门，欲往从之雪雰雰。侧身北望涕沾巾。美人赠我锦绣段，何以报之青玉案。路远莫致倚增叹，何为怀忧心烦惋。

短歌行（其一）

短歌行（其一）

［汉］曹操

对酒当歌，人生几何？譬如朝露，去日苦多(1)。
慨当以慷(2)，忧思难忘。何以解忧？唯有杜康(3)。
青青子衿(4)，悠悠我心(5)。但为君故，沉吟至今(6)。

呦呦鹿鸣⁽⁷⁾，食野之苹⁽⁸⁾。我有嘉宾，鼓瑟吹笙⁽⁹⁾。
明明如月，何时可掇⁽¹⁰⁾？忧从中来，不可断绝。
越陌度阡⁽¹¹⁾，枉用相存⁽¹²⁾。契阔谈䜩⁽¹³⁾，心念旧恩。
月明星稀，乌鹊南飞。绕树三匝⁽¹⁴⁾，何枝可依？
山不厌高，水不厌深。周公吐哺⁽¹⁵⁾，天下归心。

[注释]

（1）去日：过去的日子。苦：患，苦于。
（2）慨当以慷：即慨慷，同"慷慨"，指感情激动的样子，"当以"无实际意义。
（3）杜康：相传是最早造酒的人，这里代指酒。
（4）衿（jīn）：衣领。青衿，是周代读书人的服装，这里代指人才。
（5）悠悠：长久的样子，形容思虑连绵不断。以上两句是《诗经·郑风·子衿》篇成句，此处用以表示对贤才的思念。
（6）沉吟：沉思吟味，意谓整日在心头回旋，这里指对贤才的渴望。
（7）呦呦（yōu）：鹿的叫声。
（8）苹：艾蒿。
（9）瑟、笙：乐器名。以上四句出自《诗经·小雅·鹿鸣》。
（10）掇（duō）：拾取，摘取。
（11）陌：东西向的田间小路。阡：南北向的田间小路。
（12）枉：这里是"枉驾"的意思。用：以。存：问候。
（13）契阔：聚散。

（14）三匝（zā）：几周。三：古代为概数。匝：周，圈。

（15）哺：口中咀嚼着的食物。《韩诗外传》说周公"一饭三吐哺，犹恐失天下之士"。意思是说周公礼待天下贤士，都顾不上吃饭。

[赏析]

"昼携壮士破坚阵，夜接词人赋华屋。"这是唐初诗人张说《邺都引》中的两句诗。白天能率千军万马杀敌破阵，晚上能聚一众文人饮酒赋诗，环顾整个中国古代文学史，大概也只有一人可以做到，那就是曹操。

苏轼在他的《赤壁赋》中写道："月明星稀，乌鹊南飞，此非曹孟德之诗乎？……方其破荆州，下江陵，顺流而东也，舳舻千里，旌旗蔽空，酾酒临江，横槊赋诗……"以至于《三国演义》特意安排了曹操在赤壁大战前夕大宴百官、横槊赋诗的情节，赋的正是这首《短歌行》。虽然《短歌行》未必写于赤壁大战时，但这样的情节安排却也并不显突兀。无非因为，在大家心目中，曹操正是这样一位既可横槊杀敌又能酾酒赋诗的枭雄。应该说，曹操首先是一位政治家、军事家，然后才是一位诗人。所以，他的诗里，固然有诗人的才情，但吐露的却是他英雄的志向、霸主的野心。

"对酒当歌"，魏晋人物多好酒，鲁迅先生还专门写了一篇《魏晋风度及文章与药及酒之关系》，提到曹操，称赞他是一个"很有本事的人"，说自己"非常佩服他"。有酒有歌，可见是一个热闹的宴会，但全诗没有一个"乐"字，反复出现的是"忧"。"忧"是我们理解这首诗的关键，也是我们认识曹操的重要线索。

他的第一重"忧"，是"人生几何"。汉末动荡，更容易让人体会到人生的无常与生命的可贵。对于心怀天下的人来说，曹操对生命价值的理解又要比常人宏大得多，对时间流逝的感受当然也会更加强烈，要做的未做的事那么多，而这短暂如朝露的人生，也已经过去了那么多。赤壁大战后，鼎足之势已成，统一大业更加艰难，而曹操已年过半百，所以自然而生一种来日无多的忧惧。

他的第二重"忧"，是人才难得。赤壁之战两年后，曹操发布了第一道《求贤令》：

自古受命及中兴之君，曷尝不得贤人君子与之共治天下者乎！及其得贤也，曾不出闾巷，岂幸相遇哉？上之人不求之耳。今天下尚未定，此特求贤之急时也。"孟公绰为赵、魏老则优，不可以为滕、薛大夫。"若必廉士而后可用，则齐桓其何以霸世！今天下得无有被褐怀玉而钓于渭滨者乎？又得无有盗嫂受金而未遇无知者乎？二三子其佐我明扬仄陋，唯才是举，吾得而用之。

"明扬仄陋，唯才是举"，甚至不必考虑其是否德廉，足见"求贤之急"。"青青子衿，悠悠我心""呦呦鹿鸣，食野之苹"，是诗歌版的《求贤令》，只是更加婉转深情。但"明明如月，何时可掇？"想到这些，就"忧从中来，不可断绝"。唯其难得，只能更加诚心以求。之后，曹操又陆续发布了《敕有司取士毋废偏短令》《举贤勿拘品行令》，将他"不拘一格降人才"的拳拳之心、殷殷之情反复剖白昭彰天下。

他的第三重"忧"，是霸业未成。他在《秋胡行》中说"不戚年往，忧世不治"，清楚地表明"世不治"才是一切忧的根本原因。对时间流逝的忧惧，对人才的渴求，都源于一统天下的志向，这是一般文人不可能有的。如果"山不厌高，水不厌深"还算隐晦，到"周公吐哺，天下归心"就再直白不过了。

在君君臣臣的儒家思想的范畴内，曹操强硬霸气的作风，加之曹魏最终取代刘汉的结局，使后世许多文人看曹操的雄心壮志就是狼子野心，求贤慕才也成了惺惺作态。今天，我们突破了这一束缚，才看到一个既有英雄手段又有诗人才情的曹操，以他诗人的忧患、英雄的豪情，写出了这样一首心怀天下又充满诗意深情的作品。

[思考与练习]

1. 请学习并吟诵这首《短歌行》其一。
2.《三国演义》在引用本诗时，引为"绕树三匝，无枝可依"，你认为是用"何枝可依"好，还是"无枝可依"好，请说出你的理由。
3. 结合拓展阅读，谈谈你对"建安风骨"的理解。

拓展阅读

曹操是建安时期的文坛领袖，他不仅以自己的创作开风气之先，还大力奖励人才，"建安七子"中除了孔融，都是在建安年间先后归附曹操的，他们与曹氏父子一起，开创建安文学的繁荣局面，并形成了关注现实、慷慨悲壮的"建安风骨"。

白马篇

[汉] 曹植

白马饰金羁，连翩西北驰。借问谁家子，幽并游侠儿。
少小去乡邑，扬声沙漠垂。宿昔秉良弓，楛矢何参差。
控弦破左的，右发摧月支。仰手接飞猱，俯身散马蹄。
狡捷过猴猿，勇剽若豹螭。边城多警急，虏骑数迁移。
羽檄从北来，厉马登高堤。长驱蹈匈奴，左顾凌鲜卑。
弃身锋刃端，性命安可怀？父母且不顾，何言子与妻！
名编壮士籍，不得中顾私。捐躯赴国难，视死忽如归！

七哀诗（其一）

[汉] 王粲

西京乱无象，豺虎方遘患。复弃中国去，委身适荆蛮。
亲戚对我悲，朋友相追攀。出门无所见，白骨蔽平原。

路有饥妇人，抱子弃草间。顾闻号泣声，挥涕独不还。
未知身死处，何能两相完？驱马弃之去，不忍听此言。
南登霸陵岸，回首望长安，悟彼下泉人，喟然伤心肝。

赠从弟（其二）

[汉] 刘桢

亭亭山上松，瑟瑟谷中风。
风声一何盛，松枝一何劲！
冰霜正惨凄，终岁常端正。
岂不罹凝寒，松柏有本性！

春望

[唐] 杜甫

国破山河在⁽¹⁾，城春草木深。
感时花溅泪⁽²⁾，恨别鸟惊心。
烽火连三月⁽³⁾，家书抵万金。
白头搔更短⁽⁴⁾，浑欲不胜簪⁽⁵⁾。

【注释】

（1）国：国家。破：沦陷。
（2）感时：为国家的时局而感伤。
（3）烽火：古时边防报警的烟火，这里指安史之乱的战火。
（4）短：少。
（5）浑：简直。胜：经受，承受。

【赏析】

　　安史之乱从人口、经济、政治等各个方面终结了盛唐。在诗歌的领域，那些活跃在玄宗朝的著名诗人们，虽然都幸存下来，但他们的个性和创造力似乎被这场浩劫消磨了。年轻的一代开始崭露头角，但他们又十分保守。唐诗的辉煌眼看也要在

第四章　家国情怀

这里终结，却突然出了一个例外：这个并不为他的时代所看重的小诗人，安史之乱爆发时，已不再年轻，但他最具创造力的阶段却从安史之乱开始，持续了十五年，直至生命的最后，这十五年里，他为唐诗创造了另一座高峰。随着时间的大浪淘沙，人们把"诗圣""诗史""集大成"等至高的美誉给了他，以致敬诗歌背后他伟大的人格和惊绝的才华。

杜甫出生于一个官僚世家，父母均是名门望族，他饱读诗书、才华横溢。年轻时他过着"裘马颇清狂"的生活，和一帮朋友"春歌丛台上，冬猎青丘旁""饮酣视八极，俗物都茫茫"。当有裘有马时，他和其他纨绔子弟并无不同，恃才傲物，用放荡与轻狂来鄙视世间的庸俗。但那个世代"守官"的家庭，也留给他一个重要的传统——"奉儒"。"奉"是杜甫对儒家的态度，在初盛唐开放包容的思想环境下，哪怕帝王们也崇道信佛，他的一生却只在儒家界内，造次必于是，颠沛必于是。奉儒让杜甫在丧失了裘马也放弃了轻狂的时候，既没有伴狂避世，也没有遁入空门，他开始把关注的目光转向现实，他人格中那些伟大的部分也才慢慢彰显，而最终让他成为了我们熟悉的那个杜甫。

儒家对杜甫影响最大的，莫过于以天下为己任的责任感。孔、孟不过一介寒士，在春秋战国的乱世，却奔走呼号，力图救世补天，他们一生几乎都没有真正掌握过权力，却并不妨碍他们将天下担在自己的肩上。所以杜甫的一生，哪怕颠沛流离、百年多病，直到生命的最后，依然是"恋阙劳肝肺"。这首《春望》，若不是因为他只身赴国难，也是没有机会诞生的。

安史之乱爆发后，杜甫一家离开长安仓皇逃难，历尽艰辛才在鄜州城北的羌村勉强安置下来。但随即传来的肃宗在灵武即位的消息，让他决意只身北上追随新帝。这个逆行者毫不意外地被叛军捉住，又带回了长安。因官职卑微，叛军未将他放在眼里，他得以逃脱，在城中四处躲藏。他偶遇遍体鳞伤企图为奴以藏身的王孙，写下一首《哀王孙》；他潜行曲江，看见江头宫殿千门尽锁，强忍哭声写下一首《哀江头》；他在春日眺望沦陷的长安，写下了《春望》。

他被带回长安时，是萧瑟肃杀的秋天，然后是万物凋敝的冬天，大自然本身便是零落惨淡山川寂寥。但现在春天到来了，草木苍苍、鸟鸣花香，大自然变得生机盎然。可长安依然沦陷，残破的城池、荒芜的人烟，了无生机。山河巨变，万物同悲，花也溅泪，鸟亦惊心。这样情景浑融、感情深沉的诗句，确实体现了杜甫非凡的才华，但这样的才华还不足以让杜甫成为那个例外。杜甫的与众不同之处，是因为他的诗中总有其他大诗人无法比拟的细节，而这些细节，来源于他与战乱、灾荒相纠结的后半生中，亲自经历或目睹的流离、贫穷、饥饿、疾病、亲人的死亡……所以，他知道，连月的烽火中，最令人忧惧的是分隔两地的亲人无法互通消息。他写自己在忧惧中白发越来越多，愁绪难解，他不停地搔头，以至头发越来越少，连发簪也快插不住了。原来，这就是战争对一个普通人的影响，它不是空洞的控诉，而是鲜活的揭露。

历史滚滚向前，再重大的事件，最后可能也浓缩成一些数据、一些结论和某几个人，而被影响的大多数的普通人，都不见了。但杜甫，本着儒家积极关注社会的自觉，总是把自己的生活与重大的社会事件交织在一起，他呕心沥血的一篇篇诗作，为我们构建了一段充满细节的历史，这段历史里，我们看到了小人物的悲欢。而这些诗，也最终将一个仕途失意的小诗人转化为中国文学史上最伟大的诗人。

[思考与练习]

1. 请诵读《春望》《哀江头》。
2. "感时花溅泪，恨别鸟惊心"用了什么表现手法？有什么作用？
3. 请结合拓展阅读，总结"黍离之悲"的思想内涵，并说明《黍离》与《春望》所体现的思想感情的异同。

拓展阅读

从《诗经·王风·黍离》开始，中国文学史上出现了一个主题——"黍离"。《毛诗正义》说："黍离，闵宗周也。周大夫行役至于宗周，过故宗庙宫室，尽为禾黍，闵周室之颠覆，彷徨不忍去，而作是诗也。"每逢社会丧乱、王朝更迭之际，很多文学作品中就会出现"黍离之思""黍离之悲"。

黍离

《诗经·王风》

彼黍离离，彼稷之苗。行迈靡靡，中心摇摇。知我者，谓我心忧。不知我者，谓我何求。悠悠苍天，此何人哉？

彼黍离离，彼稷之穗。行迈靡靡，中心如醉。知我者，谓我心忧。不知我者，谓我何求。悠悠苍天，此何人哉？

彼黍离离，彼稷之实。行迈靡靡，中心如噎。知我者，谓我心忧。不知我者，谓我何求。悠悠苍天，此何人哉？

扬州慢

[宋] 姜夔

淳熙丙申至日，予过维扬。夜雪初霁，荠麦弥望。入其城，则四顾萧条，寒水自碧，暮色渐起，戍角悲吟。予怀怆然，感慨今昔，因自度此曲。千岩老人以为有《黍离》之悲也。

淮左名都，竹西佳处，解鞍少驻初程。过春风十里，尽荠麦青青。自胡马窥江去后，废池乔木，犹厌言兵。渐黄昏，清角吹寒，都在空城。

杜郎俊赏，算而今、重到须惊。纵豆蔻词工，青楼梦好，难赋深情。二十四桥仍在，波心荡，冷月无声。念桥边红药，年年知为谁生？

金人捧露盘·和曾纯甫春晚感旧韵

[明] 王夫之

古崧台，双阙杳无踪。忆潮平、细浪溶溶。龙舟渡马，依然先帝玉花骢。冲冠发指，旗挥星落，血斩蛟红。

怨苍梧，斑管泪，沈白日，瘴云中。更背飞，孤影飘蓬。今生过也，魂归朱邸旧离宫。苔残碧瓦，鸳鸯碎，蔓草春风。

虞美人(1)

[五代] 李煜

春花秋月何时了(2)？往事知多少！小楼昨夜又东风，故国不堪回首月明中。

雕栏玉砌应犹在(3)，只是朱颜改(4)。问君能有几多愁(5)？恰似一江春水向东流。

虞美人

[注释]

（1）虞美人：唐玄宗时教坊曲名，后用为词调。《乐府诗集》卷五十八《琴曲歌辞·力拔山操》序："按《琴集》有《力拔山操》，项羽所作也。近世又有《虞美人》曲，亦出于此。"可见此调源出古琴曲，本意为咏虞姬事。

（2）了：了结，完结。
（3）砌：台阶。雕栏玉砌：雕绘的栏杆和玉一般的石阶，借指宫殿。
（4）朱颜改：作者自伤形容憔悴。
（5）君：作者自称。

[赏析]

文学作品的魅力或许有很多种，但它的感染力一定源于真。《庄子·渔父》有言："真者，精诚所至也。不精不诚，不能动人……真悲无声而哀，真怒未发而威，真亲未笑而和。真在内者，神动于外，是所以贵'真'也。"作为一个帝王，李煜对南唐的灭亡负有不可推卸的责任，但凭着真切之词，他获得了后世普遍的谅解与同情。人们甚至不忍苛责他作为帝王的无能与失职，只同情他作为词人的软弱与天真。叶嘉莹曾评价李煜道："悲欢一例付歌吟，乐既沈酣痛亦深。莫道后先风格异，真情无改是词心。"这应该算是对李煜词最精当的诠释。他一生的悲欢乐痛，都饱含着他的真情，毫不掩饰地展现在他的词里。

《新五代史》中的李煜，"性骄侈，好声色，又喜浮图，为高谈，不恤政事"，这不能说是历史对一个亡国之君的中伤，因为他的词为我们印证了他的"乐既沈酣"。

晚妆初了明肌雪，春殿嫔娥鱼贯列。凤箫吹断水云间，重按霓裳歌遍彻。
临春谁更飘香屑？醉拍阑干情味切。归时休放烛光红，待踏马蹄清夜月。

盛装的宫娥、狂欢的歌舞，通宵达旦，无休无止。再不然就是"烂嚼红茸，笑向檀郎唾"的闺房调笑、"划袜步香阶，手提金缕鞋"的月下幽会。他写了几十首这样的词，像一个雍容闲雅的富贵公子。直到肉袒出降，辞别宗庙，沦为阶下囚时，他写的依然是"最是仓皇辞庙日，教坊犹奏别离歌，垂泪对宫娥"。他心中不舍的只有凤阁龙楼、琼枝玉树、教坊宫娥。苏轼也不禁要批评他"故当恸哭于九庙之外，谢其民而后行，顾乃挥泪宫娥，听教坊离曲哉"。是啊，就不能装装样子，表现得不要那么像一个昏庸的亡国之君？可是他的眼前只有宫娥，他真心实意地为她们的将来担忧。我们可以批评他没有帝王的胸襟，却不能否认他的一片真情。连他喜好浮图，也是因为他真的相信一旦到了危急时刻，佛祖会现身保佑南唐，无知里都透着天真。

亡国之后，他顶着"违命侯"的屈辱名号，过着看似优渥实为阶下囚的生活。他的世界里不再有"车如流水马如龙，花月正春风"，甚至不再有尊严和自由，他只能在酒后的醉梦里回到往日，"一晌贪欢"。他说"醉乡路稳宜频到，此外不堪行"，除了醉酒，无路可走。他不知道如何当一个帝王，也不知道如何当一个阶下囚，在无尽的煎熬中，他不断思念起故国，并不知道作为阶下囚没有这样的权利。公元978年的七夕，是李煜42岁的生日，随同他一起归降的后妃，齐聚院内，张灯结彩，为他拜寿，相似的场景再次勾起了他对故国的怀念，胸中郁结的哀痛不能自已，喷薄而出成了这首《虞美人》。

他起笔便诘问苍天"春花秋月何时了"，对他而言，春花秋月再也不是人间美景，只剩下何时了的绝望。这一问背后，是他的痛不欲生。但他并无勇气一死，只能偷息人间，历经一年一年的"小楼昨夜又东风"。生和死，都难以承受，他只能永远处在无法解脱的困境中。痛苦，随春花秋月年年而至，无休无止；哀愁，如一江春水奔涌不息，绵绵不绝。

这首词，不用典故，没有雕琢，纯粹是一个亡国之君软弱无奈、痛苦绝望的呼号，一字一句，皆是血泪。王国维在《人间词话》中写道："尼采谓，'一切文学，余爱以血书者。'后主之词，真所谓以血书者也。宋道君皇帝《燕山亭》词亦略似之。然道君不过自道身世之戚，后主则俨然有释迦、基督担荷人类罪恶之意，其大小固不同矣。"王国维或许有对李煜词的偏爱，但"以血书"，的确可算是李煜词最动人之处。

一个天真的帝王，国祚不能绵长；一个天真的词人，文字可以千古。

[思考与练习]

1. 请学习并吟诵《虞美人》。
2. 宋徽宗赵佶在被金兵掳往北方途中，作有《燕山亭·北行见杏花》，请与本词比较，谈一谈二者在表达的情感上有何不同。
3. 结合拓展阅读，谈谈南唐词的主要特点，以及对北宋词的影响。

拓展阅读

南唐重儒轻武，从上至下都重视文化修养，因此诗文兼擅、博学多艺者众多，其中以南唐二主和冯延巳成就最高。南唐灭亡后，其文化优势反而盛于北方中原，开宋初词坛风气。

鹊踏枝

[五代] 冯延巳

谁道闲情抛掷久。每到春来，惆怅还依旧。日日花前常病酒，不辞镜里朱颜瘦。

河畔青芜堤上柳。为问新愁，何事年年有。独立小桥风满袖，平林新月人归后。

摊破浣溪沙

［五代］李璟

菡萏香销翠叶残，西风愁起绿波间。还与韶光共憔悴，不堪看。
细雨梦回鸡塞远，小楼吹彻玉笙寒。多少泪珠无限恨，倚阑干。

浣溪沙

［宋］晏殊

一向年光有限身，等闲离别易销魂，酒筵歌席莫辞频。
满目山河空念远，落花风雨更伤春，不如怜取眼前人。

菩萨蛮⁽¹⁾·书江西造口壁⁽²⁾

菩萨蛮·书江西造口壁

［宋］辛弃疾

郁孤台下清江水⁽³⁾，中间多少行人泪⁽⁴⁾？西北望长安⁽⁵⁾，可怜无数山⁽⁶⁾。
青山遮不住，毕竟东流去。江晚正愁余⁽⁷⁾，山深闻鹧鸪⁽⁸⁾。

【注释】

（1）菩萨蛮：唐教坊曲名。唐代苏鹗的《杜阳杂编》中记载，唐宣宗年间，入唐进贡的女蛮国人因"危髻金冠，璎珞被体"，像菩萨，所以被称为"菩萨蛮"。当时的伶人们因此创制了《菩萨蛮》曲。《宋史·乐志十七》载女弟子舞队中有"菩萨蛮队"，可见这本是一种模仿外国装束的舞队用的曲调。

（2）造口：在今江西省万安县西南60里，有溪，水自此入赣江。皂口即造口。

（3）郁孤台：在今江西赣州市西北。《赣州府志》："郁孤台，一名贺兰山。隆阜郁然孤峙，故名。"清江：指赣江。郁孤台前是章水和贡水的汇合之处（章、贡二水汇合为赣江）。

（4）行人：指流离失所的人。

（5）长安：今陕西省西安市，为汉唐故都。这里代指北宋都城汴京。

（6）可怜：可惜。

(7)愁余：使我感到忧愁。

(8)鹧鸪（zhè gū）：鸟名，传说它的叫声像"行不得也哥哥"，啼声凄苦。

[赏析]

辛弃疾特别偏爱自己的几句词："不恨古人吾不见，恨古人不见吾狂耳！知我者，二三子。"每每在酒席上他总要大声朗诵，还激动得直拍腿，问席间众人写得好不好。其实，这两句话并非他的原创，原本是"不恨我不见古人，所恨古人不见我"，只有中间加的这个"狂"字，是他的。《论语》中孔子说："不得中行而与之，必也狂狷乎！狂者进取，狷者有所不为。"邢疏曰："狂者进取于善道，知进而不知退。"辛弃疾的狂，本质上是一种进取，情感激烈、信念执着、一往而前、不死不休。但人生之路，岂有一马平川，不知退，自然会处处受阻。这种进取一旦受阻，便转化为激愤，如天风海雨，动人心魄。这首《菩萨蛮·书江西造口壁》便是一首进取受挫的激愤之作。

这首词是宋孝宗淳熙三年辛弃疾到湖北襄阳任京西转运判官，从赣州北上途经造口时所作。接任这个官职，是因他在之前平定茶商叛乱中立了功。淳熙二年四月爆发的茶商叛乱，朝野震动，朝廷先后调换三任提刑、动用上万兵力围剿，也没能控制局势。后来由宰相叶衡推荐，辛弃疾临危受命，凭着出色的军事才干很快平乱，手段和魄力都得到了宋孝宗的认可，孝宗亲自提议为他加官晋级。这次凭真材实料的军功升迁，辛弃疾的心理期望是很高的。毕竟，他已蹉跎了十四年！

当初他凭着一腔忠勇渡江南来，以为自己很快可以率领千军万马杀回去，谁料朝廷只给了一个右承务郎的小官。这是一个文职，有宋一朝重文轻武，所以在其他人看来，对于归正的辛弃疾，这已经是相当优渥的政治起点。但他毕竟不是科举入仕，没有进入馆阁的资格。他无法像馆阁翰苑之士那样通过编书、进读而获阶官超授的机会，只能严格按照磨勘程序三年一转。他的进取之心不能忍受这样的消磨，乃至几次越职给皇帝上书抗金复国的方略大计，他明白自己的"狂僭"，但"忠愤所激，不能自已"。他的这些忠愤之举，在其他人看来却像别有用心，因他刚烈强悍的北人作风，跟柔弱雅致的江南士大夫本就格格不入。

他总是盼着能再次"沙场秋点兵"，可任命下来之后，他从掌管刑法狱讼改为掌管粮草漕运，离他的千军万马依然遥遥无期，内心的失望不言而喻。而且，对于平乱一事，他内心也是郁结愤懑的，因为他看到那些所谓的叛军，很多都是山区困苦不堪的百姓，走投无路才铤而走险。他的倚天长剑，要饮的是胡虏之血，如今却要对着走投无路的百姓。在平乱之后，他马上又写了《论盗贼札子》，向皇帝指出"民者国之根本，而贪浊之吏迫使为盗"，希望"陛下深思致盗之由，讲求弭盗之术，无恃其有平盗之兵也"。这话听起来相当不客气，但他觉得忠言哪怕逆耳也不得不说。内忧外患、国事艰危，可他却空有帅才、报国无门，途经造口，他想起当年隆祐太后事，终于将一腔磅礴的激愤一吐而出。借水怨山，兴寄无端。

之后，他虽又升任安抚使等官职，但狂者的进取让他不懂迂回，总是不久便被弹劾、罢免。晚年闲居瓢泉的辛弃疾，在送别族弟调官桂林时，写了一篇以"辛"字为题的命题作文："烈日秋霜，忠肝义胆，千载家谱。得姓何年，细参辛字，一笑君听取。艰辛做就，悲辛滋味，总是辛酸辛苦。更十分向人辛辣，椒桂捣残堪吐。"借调侃自己的姓氏，吐露心中的块垒。这位行伍出身，以武起事的少年英雄，却最终只能作为以文为业的词人名世，其中的艰辛、悲辛、辛酸、辛苦自不待言，而"十分向人辛辣"，不得不说是他的英雄本色。这椒桂捣残的辛辣原是从《离骚》中的申椒、菌桂一路而来，高洁不凡，配以辛弃疾的英雄之气，便成了"狂"。也正因为这股狂，他的词作"大声鞺鞳，小声铿鏦，横绝六合，扫空万古，自有苍生以来所无"。

[思考与练习]

1. 请诵读《菩萨蛮·书江西造口壁》。
2. 对于"青山遮不住，毕竟东流去"历来有许多不同的理解，请谈谈你的理解。
3. 请结合拓展阅读，谈一谈南宋爱国词中共同的意象和情感。

拓展阅读

南北分裂、战火蔓延的现实，唤起了南宋无数爱国志士的壮志豪情，他们大声疾呼、渴望恢复，然而朝廷满足偏安，他们报国无门，便把一腔忠愤都抒发在了词作里。

贺新郎·寄李伯纪丞相

[宋]张元干

曳杖危楼去。斗垂天、沧波万顷，月流烟渚。扫尽浮云风不定，未放扁舟夜渡。宿雁落、寒芦深处。怅望关河空吊影，正人间、鼻息鸣鼍鼓。谁伴我，醉中舞。

十年一梦扬州路。倚高寒、愁生故国，气吞骄虏。要斩楼兰三尺剑，遗恨琵琶旧语。谩暗涩铜华尘土。唤取谪仙平章看，过苕溪、尚许垂纶否。风浩荡，欲飞举。

六州歌头

[宋]张孝祥

长淮望断,关塞莽然平。征尘暗,霜风劲,悄边声。黯销凝。追想当年事,殆天数,非人力,洙泗上,弦歌地,亦膻腥。隔水毡乡,落日牛羊下,区脱纵横。看名王宵猎,骑火一川明。笳鼓悲鸣。遣人惊。

念腰间箭,匣中剑,空埃蠹,竟何成。时易失,心徒壮,岁将零。渺神京。干羽方怀远,静烽燧,且休兵。冠盖使,纷驰骛,若为情。闻道中原遗老,常南望、翠葆霓旌。使行人到此,忠愤气填膺。有泪如倾。

水调歌头·送章德茂大卿使虏

[宋]陈亮

不见南师久,漫说北群空。当场只手,毕竟还我万夫雄。自笑堂堂汉使,得似洋洋河水,依旧只流东?且复穹庐拜,会向藁街逢!

尧之都,舜之壤,禹之封。于中应有,一个半个耻臣戎!万里腥膻如许,千古英灵安在,磅礴几时通?胡运何须问,赫日自当中!

永遇乐[1]·京口北固亭怀古[2]

[宋]辛弃疾

永遇乐·
京口北固亭
怀古

千古江山,英雄无觅,孙仲谋处[3]。舞榭歌台,风流总被[4],雨打风吹去。斜阳草树,寻常巷陌,人道寄奴曾住[5]。想当年,金戈铁马,气吞万里如虎[6]。

元嘉草草[7],封狼居胥[8],赢得仓皇北顾。四十三年,望中犹记,烽火扬州路[9]。可堪回首,佛狸祠下[10],一片神鸦社鼓[11]。凭谁问:廉颇老矣[12],尚能饭否?

【注释】

（1）永遇乐（lè）：据毛先舒《填词名解》记载："《永遇乐》，歇拍调也。唐杜秘书工小词，邻家有小女名酥香，凡才人歌曲悉能吟讽，尤喜杜词，遂成逾墙之好。后为仆所诉，杜竟流河朔。临行，述《永遇乐》词诀别。女持纸三唱而死。"这个忧伤的故事已无从考证，只能判断此词大约创自唐朝中叶。

（2）京口：今江苏省镇江市，以其地有京岘山、城在长江之口得名。北固亭：在镇江市东北北固山上，北面长江，又名北顾亭、北固楼。

（3）"英雄无觅"句："无觅英雄孙仲谋处"的倒文。孙仲谋：三国时的吴王孙权，字仲谋，曾建都京口。

（4）风流：指英雄事业的流风余韵。

（5）寄奴：南朝宋武帝刘裕小名。刘裕先祖是彭城人，后来迁居到京口，刘裕在此出生成长。

（6）"想当年"三句：刘裕曾两次领晋军北伐，先后灭南燕、后秦，收复洛阳、长安等地。金戈铁马：形容兵强马壮。

（7）元嘉：南朝宋文帝刘义隆的年号，刘义隆为刘裕子。草草：轻率。刘义隆好大喜功，仓促北伐，却反而让北魏拓跋焘抓住机会，以骑兵集团南下，兵抵长江北岸才返，宋军遭到重创。

（8）"封狼居胥"二句：意谓刘义隆不能继承父业，徒然好大喜功，以致北伐惨败，几乎危及国本。狼居胥（xū）：山名，在今蒙古国境内。《史记·霍去病传》载汉武帝元狩四年（119）霍去病远征匈奴，歼敌七万余，封狼居胥山而还。此处封狼居胥表示要北伐立功。

（9）"四十三年"二句：作者于宋高宗绍兴三十二年（1162）南归，到写该词时正好为四十三年。南归之前，他正在烽火弥漫的扬州以北地区参加抗金战争，故云。扬州路：指淮南东路，辖今江苏省北部、安徽省东北部一带，扬州为其首府。

（10）佛（bì）狸祠：北魏太武帝拓跋焘小名佛狸，打败王玄谟军以后，曾追击

第四章　家国情怀

至长江北岸的瓜步山，在山上建立行宫，即后来的佛狸祠。

（11）神鸦：指在庙里吃祭品的乌鸦。社鼓：祭祀时的鼓声。

（12）廉颇：战国时赵国名将。《史记·廉颇蔺相如列传》记载，廉颇被免职后，跑到魏国，赵王想再用他，派人去看他的身体情况，廉颇之仇郭开贿赂使者，使者看到廉颇，廉颇为之米饭一斗，肉十斤，被甲上马，以示尚可用。使者回来报告赵王说："廉颇将军虽老，尚善饭，然与臣坐，顷之，三遗矢（通假字，即屎）矣。"赵王以为廉颇已老，遂不用。

[赏析]

"千古骚人志士，定是登高望远不得。登了望了，总不免泄漏消息，光芒四射。不见阮嗣宗口不臧否人物，一登广武原，便说：'时无英雄，遂使竖子成名。'陈伯玉不乐居职，壮年乞归，亦像煞恬退。一登幽州台，便写出'念天地之悠悠，独怆然而涕下'。况此眼界极高、心肠极热之山东老兵乎哉？"这是顾随先生读辛弃疾的《水龙吟·登建康赏心亭》时发出的感慨。登赏心亭时，辛弃疾二十八九岁，年轻气盛，他直言自己在江南不过是个"游子"，没有人懂他的"登临意"，以致他悲愤地拍遍了栏杆。其实，他的意志如此昭彰，谁人不知，不过该懂的人视而不见罢了。岂料，到了人生的暮年，突然有人重视起了他的"登临意"，而此时他在江南已"游"了四十三年。

1162 年，辛弃疾率众南归，被南宋朝廷特殊优待，封了一个文职。第二年，主战的宋孝宗展开了隆兴北伐，辛弃疾无缘参与。此后，南宋朝廷的内外政策都转向平稳，直到宁宗时韩侂胄被重用，朝廷才准备再一次北伐。此时，辛弃疾已年过花甲，接到出镇江防要地京口的任命，依然欣然赴命。这是南渡后的辛弃疾第一次离他毕生的愿望那么近。

由于南宋和金划淮而治，京口的战略地位就显得尤为重要。京口形势最胜之处当属城北下临大江的北固山，三面环水，山上有北固亭，由此北望，淮南草木，历历可数。这位极爱登高望远的山东老兵，出镇京口期间，数次登上北固亭，心情又比在赏心亭上复杂百倍。望着脚下滔滔的江水，他不禁想到曾以京口为都城的孙权，曾经生活在这里的刘裕：孙权以区区江东，抗衡曹魏，拓土开疆，终成鼎足之势；刘裕崛起孤寒，取代东晋，两度北伐，收复大片故土。这些金戈铁马的往事，不可谓不振奋人心。可经历了太多沉浮的辛弃疾也看得很清楚，英雄已无觅处，韩侂胄并不是英雄。但辛弃疾是英雄，他一边以一个军事家的雄才大略积极地备战，一边以一个政治家的谨慎委婉地表达他的担忧。

他说起京口的另一桩往事：南朝宋文帝刘义隆曾三次北伐，都没有成功，特别是元嘉二十七年的那次，宋文帝急于事功，听不进老臣宿将的意见，轻启兵端，结果惨败，被北魏太武帝拓跋焘一直追击到京口上游的瓜步山。他借这桩故事表达了一个老成谋国者的谆谆告诫。而且，当年的烽火已消歇太久，今日的一片神鸦社鼓中，又有多少人还愿意再燃烽火呢。

主帅的草率轻敌，四十三年间的人心向背，辛弃疾知道这并不是北伐最好的时机，可自己已经六十多岁，这可能是自己唯一的机会了。所以哪怕事情不可为，他也要为，他向朝廷建议，将用兵大计委托给元老重臣，隐然以此自任，他甚至花重金派间谍到北方探听金人的消息，真真"男儿到死心如铁"。他岂不知这样做会引人猜忌，他料想自己虽然和廉颇一样老当益壮，也很有可能和廉颇一样遭人陷害报国无门。即便如此，该说的他仍然要说，该做的他还是要做。

他和苏轼并称豪放派，但实则有很大的不同。苏轼是一个士大夫文人，生活在北宋承平的年代，他的一生，达则兼济天下，穷则独善其身，可以进可以退。辛弃疾是一个统兵的英雄，生活在金瓯残缺的南宋，他的一生，志在收复故土重返家乡，从离开故乡时起，他就没有了退路。为了实现自己的志向，他总是积极地想要有所作为，并不在意是否为五斗米折腰，他屡遭弹劾、罢废，但只要用他，他依然我行我素，从不退让。从坚持要进来看，他更像杜甫，"葵藿倾太阳，物性固莫夺"。

【思考与练习】

1. 请诵读《永遇乐·京口北固亭怀古》。
2. 辛词善于用典，请说说本词用了哪些典故，这些典故在词中有何作用。
3. 两宋词人都有登临之作，请结合拓展阅读，谈谈两宋登临词的不同。

拓展阅读

登高望远，更广阔的视野总会引起人内心的感慨，或者怀人或者怀古，每个人总有自己独特的感受和心境。两宋登临怀古词数量颇丰，但世殊时异，词中所表达的意趣也各不相同。

桂枝香·金陵怀古

［宋］王安石

登临送目。正故国晚秋，天气初肃。千里澄江似练，翠峰如簇。归帆去棹残阳里，背西风、酒旗斜矗。彩舟云淡，星河鹭起，画图难足。

念往昔、繁华竞逐。叹门外楼头，悲恨相续。千古凭高，对此漫嗟荣辱。六朝旧事随流水，但寒烟、芳草凝绿。至今商女，时时犹唱，后庭遗曲。

水调歌头·多景楼

［宋］陆游

江左占形胜，最数古徐州。连山如画，佳处缥缈著危楼。鼓角临风悲壮，烽火连空明灭，往事忆孙刘。千里曜戈甲，万灶宿貔貅。

露沾草，风落木，岁方秋。使君宏放，谈笑洗尽古今愁。不见襄阳登览，磨灭游人无数，遗恨黯难收。叔子独千载，名与汉江流。

念奴娇·登多景楼

[宋]陈亮

危楼还望,叹此意、今古几人曾会。鬼设神施,浑认作、天限南疆北界。一水横陈,连岗三面,做出争雄势。六朝何事,只成门户私计。

因笑王谢诸人,登高怀远,也学英雄涕。凭却长江管不到,河洛腥膻无际。正好长驱,不须反顾,寻取中流誓。小儿破贼,势成宁问疆场。

忆秦娥(1)·娄山关(2)

毛泽东

西风烈(3),长空雁叫霜晨月(4)。霜晨月,马蹄声碎(5),喇叭声咽(6)。

雄关漫道真如铁(7),而今迈步从头越(8)。从头越,苍山如海(9),残阳如血(10)。

忆秦娥·娄山关

[注释]

(1)忆秦娥:词牌名,相传为李白所创或疑后人伪托,仄韵,十句,46字,又名《秦楼月》《双荷叶》《碧云深》《花深深》等。上下阕各四句用仄韵,其中的三字句是叠韵，为上句末三字的重复。

（2）娄山关在贵州遵义北90公里的娄山之巅，群峰插云，一线中通，向为自蜀入黔要隘，历来为兵家必争之地。1935年1月29日，红军一渡赤水，由黔北攻入四川古蔺、叙永地区，再入云南扎西。为避敌军堵截，红军回头东攻，二渡赤水，攻占黔北桐梓和娄山关，重夺遵义。此役歼灭敌人两个师又八个团，俘敌近3000人，是红军长征五个月以来的首次大胜仗。

（3）西风烈：烈即凛烈，强劲，此句貌似写秋季物候，实为当地二月间真实景象。

（4）长空：辽阔的天空。

（5）碎：碎杂，碎乱。

（6）咽（yè）：本义是声音因梗塞而低沉，这里用来描写在清晨寒风中可听到断断续续的军号声。

（7）漫道：莫道，不要说。

（8）从头越：重新跨越。攻占娄山关后，重夺遵义，如果北上，须重过娄山关。

（9）苍山如海：青山起伏，像海的波涛。

（10）残阳如血：夕阳鲜红，似血的颜色。

[赏析]

这是毛泽东在长征后写的第一首诗词，为夺取娄山关后的抒情之作，虽写战争，但隐去了战斗细节，以写景为主，借景抒情，情景交融，读来慷慨悲烈、雄沉壮阔，正如作者自注："万里长征，千回百折，顺利少于困难不知有多少倍，心情是沉郁的。"

上阕以"西风"起首。西风，多指秋风，因为古人认为西是属于秋天的方位。西风多用于萧瑟、凄凉的景象，如辛弃疾的"昨夜西风凋碧树"、马致远的"古道西风瘦马"，都给人凄清衰败之感。这里的"西风"会让人以为是晚秋景象，其实娄山关之战发生在1935年2月26日，黔中已是早春，以秋词写春景，既吻合血战，又隐射心境。"西风"之后，紧跟"雁叫"，更增添了凄凉之感。雁在古诗词中往往代表着漂泊无定、凄凉悲苦之情，雁叫往往也是悲凉的。写到这里，笔触突然一转，在冷月高悬、大雁高飞的天空下，在结了寒霜的地面上，传来了马蹄声。这里的马蹄声并非激越豪迈的，而是细碎急促的，符合红军艰辛的行军情况。急促的马蹄声，踏破了清晨的宁静。寒霜胜雪，凛凛寒意似乎能穿透身上的衣服，沁入人的骨肉。与马蹄声相映的，还有喇叭声，同样是哭咽一般。

下阕"雄关"句陡然开阔，呼应词题，写出了常人难以想象的气象。莫道雄关如铁，红军战士不是一越再越吗？为了摆脱被围追堵截的困境，红军采取灵活的作战方式。此前已经二渡赤水，出其不意在贵州为自身赢得了一丝机会。张爱萍将军在《从遵义到大渡河》中写道："蒋介石为堵截我军北渡长江，急忙调动滇、黔、川的军阀部队和他的中央军，沿江设防，日夜赶筑防御工事。很显然，在强敌面前我军北进是不利的。于是乃乘贵州境内空虚之际，出敌不意，突然回戈东进，把敌人甩在长江两岸。"2月19日至21日，红军主力分别从太平渡、九溪口、淋滩、二郎滩渡过赤水河，随即星夜兼程疾进，攻占桐梓，奇袭娄山关，再占遵义城，取得了红军长征以来最大的一次胜利。蒋介石不得不承认这是"国军追击以来的奇耻大辱"。靠着这种战术，红军随后三渡赤水，让敌人防不胜防；其后四渡赤水，拖垮了国民党大批精锐部队，创造了三万红军走出四十万人大军包围圈的奇迹。"雄关漫道真如铁，而今迈步从头越"构成了全词最强音。"从头越"不但表明从零开始"越"出红军新生的决心，也表明了从胜利走向胜利的信心！"苍山如海，残阳如血"两句又思绪绵绵，血痕斑斑，意境惨烈，预示征途还要经历千难万险，流血牺牲。词中苍凉沉郁与慷慨激扬的情绪交织，构成全词悲壮主调。

《忆秦娥·娄山关》在苍凉、肃穆的气氛中开篇。上阕描写了在繁霜满地、残月凄清的晨曦中，西风呼啸，雁啼凄厉，马蹄急促，喇叭断续，从听觉的角度谱出一曲战地交响曲。这画面和声响，既是红军行军的典型环境，也是红军作战的典型环境。作者以战地的所见、所闻、所感，从侧面描写了娄山关的行军、接敌和激战，渲染出一种悲凉沉郁的浓重气氛。下阕描写了经过一天战斗，雄关已在脚下，红军再踏征程。回眸战场，登高望远，山峦像大海一样绵延起伏，夕阳像鲜血那样殷红，从视觉角度绘成了一幅色彩浓烈、悲壮沉雄的战地搏击图，让人联想到红军浴血奋战、英勇牺牲的激战场景。这首词苍凉沉郁与豪放壮丽交相辉映，形成了撼人心魄的悲壮美。

[思考与练习]

1. 请诵读《忆秦娥·娄山关》。
2. 请查阅红军四渡赤水的史料，尝试仿写一首《忆秦娥》。
3. 毛泽东在1935年秋写下了《七律·长征》："红军不怕远征难，万水千山只等闲。五岭逶迤腾细浪，乌蒙磅礴走泥丸。金沙水拍云崖暖，大渡桥横铁索寒。更喜岷山千里雪，三军过后尽开颜。"请分析这首七律和《忆秦娥·娄山关》在思想感情和艺术特征上的不同。

拓展阅读

战争是古代诗歌的主题之一，《诗经》中已有不少从不同角度反映战争的诗歌。唐代的边塞诗中，也有诸多反映战争场面的诗歌，或雄浑悲壮，或慷慨昂扬，或沉郁苍凉。

采薇

《诗经·小雅》

采薇采薇，薇亦作止。曰归曰归，岁亦莫止。
靡室靡家，猃狁之故。不遑启居，猃狁之故。
采薇采薇，薇亦柔止。曰归曰归，心亦忧止。
忧心烈烈，载饥载渴。我戍未定，靡使归聘。

采薇采薇，薇亦刚止。曰归曰归，岁亦阳止。
王事靡盬，不遑启处。忧心孔疚，我行不来！
彼尔维何？维常之华。彼路斯何？君子之车。
戎车既驾，四牡业业。岂敢定居？一月三捷。
驾彼四牡，四牡骙骙。君子所依，小人所腓。
四牡翼翼，象弭鱼服。岂不日戒？猃狁孔棘！
昔我往矣，杨柳依依。今我来思，雨雪霏霏。
行道迟迟，载渴载饥。我心伤悲，莫知我哀！

轮台歌奉送封大夫出师西征

［唐］岑参

轮台城头夜吹角，轮台城北旄头落。
羽书昨夜过渠黎，单于已在金山西。
戍楼西望烟尘黑，汉军屯在轮台北。
上将拥旄西出征，平明吹笛大军行。
四边伐鼓雪海涌，三军大呼阴山动。
虏塞兵气连云屯，战场白骨缠草根。
剑河风急雪片阔，沙口石冻马蹄脱。
亚相勤王甘苦辛，誓将报主静边尘。
古来青史谁不见，今见功名胜古人。

沙场夜

［唐］于濆

城上更声发，城下杵声歇。
征人烧断蓬，对泣沙中月。
耕牛朝挽甲，战马夜衔铁。
士卒浣戎衣，交河水为血。
轻裘两都客，洞房愁宿别。
何况远辞家，生死犹未决。

沁园春·长沙

毛泽东

独立寒秋，湘江北去(1)，橘子洲头(2)。看万山红遍，层林尽染；漫江碧透，百舸争流(3)。鹰击长空，鱼翔浅底(4)，万类霜天竞自由(5)。怅寥廓(6)，问苍茫大地，谁主沉浮(7)？

携来百侣曾游(8)，忆往昔峥嵘岁月稠(9)。恰同学少年，风华正茂；书生意气，挥斥方遒(10)。指点江山，激扬文字，粪土当年万户侯(11)。曾记否，到中流击水(12)，浪遏飞舟(13)？

沁园春·长沙

[注释]

（1）湘江：即湘水，湖南省的最大河流，源出广西壮族自治区的海洋山，向东北流贯湖南省东部，经过长沙，北入洞庭湖。

（2）橘子洲：一名水陆洲，是长沙城西湘江中的一个狭长的小岛，西面靠近著名的风景区岳麓山。

（3）舸（gě）：大船。

（4）浅底：指清澈可见底的水下。《水经注·湘水》引《湘中记》："湘川清照五六丈，下见底。"

（5）万类：自然界众生。隋王通《中说》："百物生焉，万类形焉。"

（6）寥廓：广远空阔。这里指广阔的苍穹。屈原《远游》："下峥嵘而无地兮，上寥廓而无天。"西汉司马相如《大人赋》也有"上寥廓而无天"。

（7）谁主沉浮：由上文的仰看飞鹰，俯看游鱼，纳闷寻思究竟是谁主宰着世间万物的升沉起伏。这句话在这里可以理解为：在这军阀统治下的中国，到底应该由谁来主宰国家兴衰和人民祸福的命运呢？

（8）百侣：众多同伴。汉王褒《四子讲德论》："于是相与结侣，携手俱游。"

（9）峥嵘：原指山势高峻，比喻不同寻常。宋秦观《阮郎归》："乡梦断，旅魂孤，峥嵘岁又除。"

（10）挥斥方遒（qiú）：《庄子·田子方》："挥斥八极，神气不变。"郭象注："挥斥，犹纵放也。"挥斥，奔放；遒，强劲。挥斥方遒，是说热情奔放，劲头十足。

（11）万户侯：古代食邑万户的"侯"。侯，五等封爵之第二等。

（12）击水：语出《庄子·逍遥游》："鹏之徙于南冥也，水击三千里。"作者自注为："击水：游泳。那时初学，盛夏水涨，几死者数，一群人终于坚持，直到隆冬，犹在江中。当时有一篇诗，都忘记了，只记得两句：自信人生二百年，会当水击三千里。"

（13）遏（è）：阻止。

[赏析]

《沁园春》是词牌名,相传东汉外戚大将军窦宪强夺沁水公主园林,后人作诗以咏其事,此调因此得名,又名《寿星明》《洞庭春色》等。双调,一百一十四字,平声韵。此篇题名"长沙",表示内容为长沙生活。毛泽东自1911年春天考入设于长沙城内的湘乡驻省中学,在这里度过了七年多修学储能的学生时代,后又在此开始早期的社会活动。至1925年,14年过去,毛泽东在长沙完成了思想巨变和人生巨变。

《沁园春·长沙》创作于1925年秋天,是作者钟爱的诗词之一。1957年,经毛泽东亲自审定、正式发表的《毛泽东诗词》中,《沁园春·长沙》位列第一。毛泽东诗词雄浑、豪迈、壮丽,我们读他的诗词,倍感诗意浪漫、境界高远、心胸阔大、精神振奋,《沁园春·长沙》展示了毛泽东的豪情壮志与宏远抱负,堪称这种风格的典范。

词的开篇"独立寒秋,湘江北去,橘子洲头",点明时间、地点和特定环境。当时长沙的秋天并不寒冷,这里的"寒"暗指当时严峻的革命形势。1925年中国工农革命运动蓬勃开展,五卅运动和省港工人大罢工相继爆发,湖南、广东等地农民运动日益高涨。此时的毛泽东已经是坚定且乐观的马克思主义者,对中国革命满怀信心。这种乐观和信心在词句中充分彰显:"看万山红遍,层林尽染;漫江碧透,百舸争流。鹰击长空,鱼翔浅底,万类霜天竞自由。"这几句由"看"字统领,通过"万山""层林""漫江""百舸""鹰击""鱼翔"等一系列意象组合,不断变换"看"的视角,将远眺、近观、仰视、平视、俯视等不同视角所见景物有机糅合,展示出一幅远近相间、上下呼应、动静结合的秋日绚烂画卷。宏大物理空间是博大心理空间的客观对象化符号,"万类霜天竞自由"不仅概括了上阕秋景,而且从"万山……层林……漫江……百舸……鹰……鱼……"等写到"万类",由眼前实景写到想象中的虚景,意象宏大,意境升华,境界更为开阔。"万类霜天竞自由"也是当时中国革命形势的艺术再现,富有象征意义。此外,它还自然引出了下面"问苍茫大地,谁主沉浮"问题。面对"万类霜天竞自由"的自然景色,面对工农革命运动蓬勃发展的社会状况,自然会提出一个问题——"谁主沉浮"?谁来领导这一次中国革命?下阕呼之欲出。

下阕"携来百侣曾游"等句是对"往昔峥嵘岁月"主宰"苍茫大地"理想追求满怀激情的回顾:"恰同学少年,风华正茂;书生意气,挥斥方遒。指点江山,激扬文字,粪土当年万户侯。""百侣"青春年少时风华正茂,激情奔放,以青年知识分子单纯炽热的理想追求,以激烈的文字评论国家大事,针砭时弊,抨击权贵。下阕以直抒胸臆方式回顾的这段文字恰好是对上阕以意象方式隐喻意蕴的直接表白。"问苍茫大地,谁主沉浮",毋庸置疑,答案是"我们"。主宰苍茫大地是"我们"的伟大理想,"我们"曾经为实现这伟大理想而热血沸腾,为主宰这苍茫大地而顽强斗争。结尾"曾记否,到中流击水,浪遏飞舟"是回答式发问,之所以发问,是对当年那些"同学少年""指点江山"热切的呼唤。"到中流击水,浪遏飞舟",既是对"同学少年"劈波斩浪、激流勇进畅游湘江的真实写照,更是对他们满怀理想为推翻旧世界而英勇斗争的隐喻。上阕有"鹰击长空",下阕有"中流击水",两个"击"字前后、上下呼应,传神地表现出作者追求理想不屈不挠的斗争精神。

《沁园春·长沙》大气磅礴,意境壮阔,一代伟人的天下情怀跃然纸上,令世人无比崇敬、深切缅怀。中国先贤圣哲倡导"修身齐家治国平天下"的传统文化理念是毛泽东天下情怀所秉承的文化根基,深受中国传统文化滋养的作者以天下为己任,为民众谋出路、创幸福,让中国人民从此站起来。毛泽东从小志存高远,胸怀天下,曾发出"天下者我们的天下,国家者我们的国家,社会者我们的社会,我们不说谁说?我们不干谁干?"的心声。此后,从上海建党到安源罢工,从农运讲习所到挥师井冈山,从五次反"围剿"到二万五千里长征,从抗战胜利到三大战役完胜……这一切都源于毛泽东的天下情怀。

[思考与练习]

1. 请和同学合作,经过适当编排,以诵读的方式展现这首《沁园春·长沙》。
2. 《沁园春·长沙》和杜甫的《登高》都描写秋景,借景抒情,但二者的意境和思想感情截然不同,请问这种不同体现在哪些方面?为什么?
3. 毛泽东的天下情怀还体现在他的哪些诗词里?请对这些诗词里展示的这种一脉相承的天下情怀进行概括分析。

拓展阅读

宋词中有许多抒发少年心绪的佳作,或慷慨激昂,或沉郁悲凉。这些宋词以少年人之雄心壮志、意气风发表现了不同的宋词主题和词境。

满江红

[宋]岳飞

怒发冲冠,凭栏处,潇潇雨歇。抬望眼,仰天长啸,壮怀激烈。三十功名尘与土,八千里路云和月。莫等闲,白了少年头,空悲切!

靖康耻,犹未雪。臣子恨,何时灭?驾长车踏破,贺兰山缺。壮志饥餐胡虏肉,笑谈渴饮匈奴血。待从头,收拾旧山河,朝天阙!

六州歌头

[宋]贺铸

少年侠气,交结五都雄。肝胆洞,毛发耸。立谈中,死生同。一诺千金重。推翘勇,矜豪纵。轻盖拥,联飞鞚,斗城东。轰饮酒垆,春色浮寒瓮,吸海垂虹。闻呼鹰嗾犬,白羽摘雕弓,狡穴俄空。乐匆匆。

似黄粱梦。辞丹凤,明月共,漾孤篷。官冗从,怀倥偬,落尘笼。簿书丛。鹖弁如云众。供粗用,忽奇功。笳鼓动,渔阳弄,思悲翁。不请长缨,系取天骄种,剑吼西风。恨登山临水,手寄七弦桐,目送归鸿。

江城子

[宋]李好古

平沙浅草接天长。路茫茫。几兴亡。昨夜波声,洗岸骨如霜。千古英雄成底事,徒感慨,谩悲凉。

少年有意伏中行。觅名王。扫沙场。击楫中流,曾记泪沾裳。欲上治安双阙远,空怅望,过维扬。

沁园春·雪

毛泽东

北国风光,千里冰封,万里雪飘(1)。望长城内外,惟余莽莽(2);大河上下(3),顿失滔滔。山舞银蛇(4),原驰蜡象(5),欲与天公试比高。须晴日,看红妆素裹,分外妖娆。

江山如此多娇,引无数英雄竞折腰(6)。惜秦皇汉武(7),略输文采;唐宗宋祖(8),稍逊风骚(9)。一代天骄(10),成吉思汗(11),只识弯弓射大雕(12)。俱往矣,数风流人物,还看今朝。

第四章　家国情怀

〔注释〕

（1）雪：陕北大雪。作者自注："雪：反封建主义，批判二千年封建主义的一个反动侧面。文采、风骚、大雕，只能如是，须知这是写诗啊！难道可以谩骂这一些人们吗？别的解释是错的，末三句，是指无产阶级。"

（2）莽莽：白茫茫一片。

（3）大河：黄河。

（4）山舞银蛇：晋陕大峡谷东侧为吕梁山脉，属"河东地区"，许多山峰在海拔2000米以上。红军渡河东征途中，自西向东眺望，即为南北向延伸起伏的吕梁山脉，正所谓"横看成岭侧成峰，远近高低各不同"，连绵起伏的雪岭犹如空中飞舞的银蛇。

（5）原驰蜡象：在长期的地质构造演化过程中，流水在地表黄土中侵蚀出纵横交错的沟壑，其间形成浑圆状穿起的黄土峁和长鼻状的黄土梁，成为黄土高原的特殊地貌，陕北典型地区，此句正是将大雪覆盖的黄土峁和黄土梁的组合形象比喻为在高原上奔驰的"蜡象"。

（6）折腰：屈身侍候，意谓为国忧劳。

（7）秦皇汉武：秦始皇嬴政、汉武帝刘彻。

（8）唐宗宋祖：唐太宗李世民、宋太祖赵匡胤。

（9）风骚：原指《诗经》中的《国风》和以《离骚》为代表的《楚辞》的并称，后泛指文学。

（10）天骄：汉朝人称北方匈奴为"天之骄子"，简称"天骄"。《汉书·匈奴传》："南有大汉，北有强胡。胡者，天之骄子也。"

（11）成吉思汗：孛儿只斤氏，名铁木真，统一蒙古诸部，建立蒙古汗国，多次发动对外征服战争，建立了横跨欧亚的大帝国，被推为"大汗"，尊号曰"成吉思汗"，意为"拥有海洋四方的大酋长"。

（12）射大雕：比喻武功。《史记·李广传》称匈奴善射者为"射雕者"。北方草原民族善骑射，能射雕者，称"射雕手"。

〔赏析〕

《沁园春·雪》是毛泽东诗词代表作，也是中华词史上的经典之作。1935年10月，红军抵达陕北，完成伟大长征。1936年1月底，毛泽东由瓦窑堡经延川到达延长县县城。1936年2月，毛泽东率领中国人民红军抗日先锋军东渡黄河，奔赴抗日前线。当时整个西北高原冰雪覆盖，既雄伟又壮丽，冰冻了的黄河别有一番独特景致。毛泽东来到陕西省清涧县高杰村镇袁家沟村，面对银装素裹的大好河山，回顾中华民族悠久灿烂的文明史，不禁豪情满怀，写下了这首千古绝唱。作者以博大的胸怀写景、论史，抒发了对祖国壮丽河山的无限热爱，表达了自己的豪情壮志，展示了革命家的伟大抱负。

这首词采取时空转换法，"风流"一脉贯穿始终。开篇咏雪便恣显北国雪飘之风流，把读者引入广袤无垠的冰雪世界，突出了北国雪景的气势广博、雄壮开阔。"北国风光"总领上阕。"千里""万里"两句纵横交错，意境开阔，气魄宏大。"冰封"凝然意存安谧，"雪飘"舞姿曼妙轻盈，动静结合，相互衬托。在"望长城内外，惟余莽莽；大河上下，顿失滔滔"中，"望"字乃画龙点睛之笔，总领下文；"长城内外"是从南到北，"大河上下"是自西向东，地域如此广袤，与前文"千里""万里"两句相呼应，意境大气磅礴，显示了作者博大的胸怀、雄伟的气魄；"惟余莽莽""顿失滔滔"分别照应"雪飘""冰封"，"惟余"强化了白茫茫的壮阔景象，"顿失"则写出变化之速，寒威之烈，使人联想到未冰封时大河滚滚滔滔的雄壮气势。"山舞银蛇，原驰蜡象"则形象描绘了景色状态，"山""原"本为静物，这里却以"舞""驰"灌注其身，化静为动，突显了景色的壮阔和强大生命力，彰显了作者的浪漫情怀。

继而，一句"江山如此多娇，引无数英雄竞折腰"将当前的自然时空切换到历史长河，那些曾在中国历史舞台上建功立业、叱咤风云的历代风流人物典型一一亮相于词人笔端：秦始皇首称皇帝，开创统一中国历史之先河；汉武帝开创西汉王朝最鼎盛繁荣的时期，使汉朝成为当时世界上最强大的国家；唐太宗开创"贞观之治"，奠定开元盛世根基；宋太祖"杯酒释兵权"，稳定大宋江山；成吉思汗统一蒙古各部，统领欧亚大陆，他们在中国历史舞台上尽显风流。然而，历尽风流的他们皆已成为历史，正所谓"大江东去，浪淘尽，千古风流人物"。卒章"俱往矣，数风流人物，还看今朝"顿将时空转换到未来，北国风光无限"风流"，历代帝王演绎中国千秋万代"风流"，谁将是改造中国现实社会并引领中国走向未来的"风流"呢？作者没有明言，但历史作答了，这就是以作者为代表的中国共产党人，他们凭借"可上九天揽月，可下五洋捉鳖"的凌云壮志与雄才大略，前仆后继，浴血奋战，让"中国人民站起来了"。

1945年8月28日，毛泽东飞抵重庆同国民党进行和平谈判。在重庆期间，他广泛接触各方面人士，9月6日回访柳亚子先生，并把旧作《沁园春·雪》抄送给他。毛泽东离开重庆之后，此词先在重庆一些私人之间流传，后经时任《新民报》编辑吴祖光先生的收集、安排，刊发在当年11月14日的《新民报》第二版的副刊"西方夜谭"。该词一经发表，立即在山城重庆引起震动。当知识分子为毛泽东的诗词所倾倒，纷纷提笔唱和时，这种中国文人式的对话已经流露出文人的价值取向或选择意向。这种心理上的倾向性，实际上已经不自觉地为日后他们在政治上接受共产党和毛泽东的领导奠定了文化和心理基础。

[思考与练习]

1. 请与同学合作，用多种方式诵读《沁园春·雪》。
2. 请多角度分析《沁园春·雪》的艺术特色。
3. 请分析《沁园春·雪》与《沁园春·长沙》在思想内容、人物形象与艺术手法等方面的不同之处。

拓展阅读

从《诗经》中的"雨雪霏霏"，到唐诗里的"千树万树梨花开"，再到伟人毛泽东笔下的"北国风光，千里冰封，万里雪飘"，轻盈的雪花在中华诗词文章中纷飞了数千年。它们时而悄无声息地洒进庭院,装点对春天的幻想;时而飞舞在"千山鸟飞绝,万径人踪灭"的寒江之畔,与身穿蓑笠的老者相约垂钓。雪是景,更是一腔深情。

春雪

[唐]韩愈

新年都未有芳华,二月初惊见草芽。
白雪却嫌春色晚,故穿庭树作飞花。

丑奴儿慢·麓翁飞翼楼观雪

[宋]吴文英

东风未起,花上纤尘无影。峭云湿,凝酥深坞,乍洗梅清。钓卷愁丝,冷浮虹气海空明。若耶门闭,扁舟去懒,客思鸥轻。

几度问春,倡红冶翠,空媚阴晴。看真色、千岩一素,天澹无情。醒眼重开,玉钩帘外晓峰青。相扶轻醉,越王台上,更最高层。

满江红·和范先之雪

[宋]辛弃疾

天上飞琼,毕竟向、人间情薄。还又跨、玉龙归去,万花摇落。云破林梢添远岫,月临屋角分层阁。记少年、骏马走韩卢,掀东郭。

吟冻雁,嘲饥鹊。人已老,欢犹昨。对琼瑶满地,与君酬酢。最爱霏霏迷远近,却收扰扰还寥廓。待羔儿、酒罢又烹茶,扬州鹤。

参考文献

1. 朱东润.中国历代文学作品选［M］.上海：上海古籍出版社，2002.
2. 袁行霈.中国文学史［M］.3版.北京：高等教育出版社，2014.
3. 余冠英.诗经选［M］.北京：中华书局，2012.
4. 聂石樵.楚辞新注［M］.上海：东方出版中心，2020.
5. 余冠英.汉魏六朝诗选［M］.北京：中华书局，2012.
6. 叶嘉莹.叶嘉莹说汉魏六朝诗［M］.北京：中华书局，2018.
7. 余冠英.三曹诗选［M］.北京：中华书局，2018.
8. 袁行霈.陶渊明集笺注［M］.北京：中华书局，2011.
9. 高步瀛.唐宋诗举要［M］.北京：中国书店，2011.
10. 王琦.李太白全集［M］.北京：中华书局，2015.
11. 仇兆鳌.杜诗详注［M］.北京：中华书局，2015.
12. 朱金城.白居易集笺校［M］.上海：上海古籍出版社，2020.
13. 冯浩.玉溪生诗集笺注［M］.上海：上海古籍出版社，2019.
14. 龙榆生.唐宋名家词选［M］.北京：中华书局，2018.
15. 叶嘉莹.唐宋词十七讲［M］.北京：北京大学出版社，2017.
16. 沈祖棻.宋词赏析［M］.北京：北京出版社，2016.
17. 郭伯勋.宋词三百首详析［M］.北京：中华书局，2015.
18. 邓广铭.稼轩词编年笺注（增订本）［M］.上海：上海古籍出版社，1993.
19. 张相.诗词曲语辞汇释［M］.北京：中华书局，2008.
20. 吴正裕,李捷,陈晋.毛泽东诗词全编鉴赏（增订本）［M］.北京:人民文学出版社，2017.